財神有難

Brewster's Millions

George Barr McCutcheon

喬治‧巴爾‧麥卡琴 著
羅亞琪 譯

目次
CONTENTS

第一章　生日大餐

「富少幫」一夥九人連同布魯特，正聚在佩提的工作室、圍著長桌而坐。他們全都年輕、上進又樂觀，深信美好的未來等著他們。其中大部分的人，名字都與紐約脫不了關係，沒錯，富少幫就有人這麼說過：「他會因爲名字以城市命名而變得爲人所知。」此人剛加入富少幫，所以大家都管他叫「地鐵」。

這群好友之中最受歡迎的，莫過於曼特．布魯特了。他長得又高又挺，臉上一點鬍碴也沒有，於是人們都稱他爲「小白臉」。老女人喜歡他，因爲他的父母曾有段羅曼蒂克的私奔故事，在七〇年代傳傳爲城裡佳話，至今仍流傳著；世故的中年婦人喜歡他，因爲他是大富翁老彼得．布魯特唯一的孫子，除非老彼得犯了糊塗將遺產捐給慈善機構，否則他肯定是唯一的繼承人；年輕女子喜歡他，原因很簡單：她們就是喜歡他；男人也喜歡他，因爲他擅於運動，是男人中的男人，同時散發適度自信、不會好吃懶做。

布魯特的雙親在他兒時便已過世，老彼得把他帶到自己的家中，用他所謂的關愛照顧著這個孩子，好似要彌補自己長久以來的冷酷。可是，在大學畢業、經過數月的美洲之旅後，曼特卻開始想要獨立生活。雖然老彼得爲他在銀行安插了一個位子，但除了這件事，以及偶爾幾頓飯之外，曼特從不向爺爺開口、老彼得也不曾資助孫子。工作是份事多酬薄的苦差事，必須靠自己的薪水過日子，他不曾因此埋怨爺爺，寧可照著自己的方式，花用這份薄酬，也不願每晚跟一位忘了自己也曾年輕過的老人吃飯，並藉此得到更多錢。布魯特認爲這樣比較順心。

對於富少幫來說，生日是宴飲的日子。餐桌上擺滿了地下室那間法式餐廳的菜餚，椅子全都挪到後邊，抽著菸，男人坐在一塊兒。接著，佩提站起身來。

「各位男士，」他開始說，「我們聚在這裡慶祝曼特・布魯特二十五歲的生日。我邀你們與我一同乾杯，祝他長壽快樂。」

「乾個精光！」有人叫道。「布魯特！布魯特！」所有人一齊叫喊。

「他是一個快樂的好傢伙，他是一個快樂的好傢伙！」①

突然，電鈴響起，打斷了這歡樂的時刻，由於這鈴響得太不尋常，一夥十人全都跳了起來，像有條線將他們一道拉起來似的。

「是警察！」有人說道。所有臉孔一同轉向大門，服務生站在門邊，不確定該轉開門把還是把門鎖上。

「該死的討厭鬼！」李察・凡・溫可說，「我想聽布魯特發表感言耶。」

「感言！感言！」大家反覆叫道，又再次坐了下來。

「曼特・布魯特先生。」佩提向大家介紹壽星。

門鈴再度響起，又長又大聲。

「又響了，我猜肯定是員警在街上巡邏。」哈里森說。

「如果只是警察巡邏，就讓他們進來吧！」佩提說，「我還以爲是討債的。」

服務生開了門，並回報：「先生，有人要見布魯特先生。」

「對方長得漂不漂亮呀，服務生？」麥克勞大聲問道。

①此兩句為英文歌曲《For he's a jolly good fellow》的開頭，常在慶祝生日等場合演唱。

「先生，他說他是埃利斯，您的爺爺派來的！」

「請替我向埃利斯致意，並請他告訴我爺爺，現在銀行已經休息了！我們明天一早再見。」布魯特說，同伴們的嘲弄讓他通紅臉。

「爺爺不希望他的小曼特天黑了還不回家啊！」地鐵咯咯笑道。

「這位老紳士可眞周全，還叫人帶著嬰兒車來找你哩！」佩提在哄鬧聲中吼道。「告訴他你已經喝過奶啦！」麥克勞應和著。

「服務生，轉告埃利斯，我現在很忙，無法會客。」布魯特說。埃利斯搭了電梯，一陣喧鬧聲隨即響起。

「布魯特可以發表感言了！布魯特！」

曼特站了起來。

「各位男士，你們似乎忘了，今天是我的二十五歲大壽，而你們的談吐實在是既幼稚又失禮，有損我這把年紀所具備的尊嚴哪！我已經到了可以作主的年齡了，這從我的自由擇友就可看出；你們也都相當尊敬我，那是因爲我爺爺身價百萬的臭名聲。既然你們已經乾杯祝我健康長壽，並向我保證高齡沒什麼不好，那麼現在換我請你們全體起立，乾杯祝福富少幫，願上天愛護我們！」

一小時後，正當李察·凡·溫可和地鐵唱著〈告訴我，妙齡女子〉，而佩提則在一旁拉小提琴伴奏之時，電鈴再度打斷了他們。

「拜託！」哈里森叫道，他正對著佩提的人體模型唱出「即使你曾做錯許多，我仍深深愛你。」

「孫子啊，跟我回家吧，快跟我回家。」地鐵說。

曼特命令：「告訴埃利斯，給我滾到哈利法克斯去。」埃利斯又搭乘電梯離開，他的神情一改平時的木然，變得有些焦慮。他兩度搭回最高一層樓，不確定地搖著頭。最後還是上了馬車，不情願地留下這群狂歡者。他知道這是場生日派對，也知道現在不過凌晨十二點半而已。

凌晨三點，電梯再次來到最高那層樓，埃利斯跑向那個頗不友善的門鈴。這次，他的表情十分堅定。歡唱已結束，一片寧靜中，笑聲偶爾傳來。

「請進！」一個活力充沛的聲音說。埃利斯堅決地踏進工作室。

「埃利斯，你來得正是時候，我們正要喝睡前酒呢。」哈里森喊道，跑到這位男僕身邊，埃利斯神情漠然地面向他，舉起手來。

「先生，不用了，謝謝。」他尊敬地說，「曼特先生，如果您不介意我這樣闖進來，我想要通知您今晚我所帶來的三則消息。」

「你眞是個忠誠的老夥計，」地鐵沙啞地說，「要我爲哪個人工作到凌晨三點，不如叫我去死！」

「如果您不介意，三則消息我就按時間順序轉達。曼特先生，我十點來那一次，是要帶布魯特先生的口信，他祝福您生日快樂，並要我拿來一千元的支票。支票在此，先生。而十二點三十分那次，我是帶了高爾醫生的訊息，他被請來家中。」

「請來家中？」曼特倒抽一口氣，臉色變得蒼白。

「是的，先生。布魯特先生在十一點半時，突然心臟病發。醫生派我傳訊息來，說他就快要走了。最後一則訊息……」

「天哪！」

「這次，我帶來管家洛力的口信，他請您可以的話——我是說，願意的話，」埃利斯不好意思地打斷句子，「立刻前往布魯特先生的住所，」接著，他鎮靜地注視著被嚇壞了的富少幫一群人頭頂上方，說出：

「布魯特先生過世了，先生。」

第二章　阿拉丁的陰鬱

曼特．布魯特已經沒有什麼可「指望」的了，現在人們再也不能指著他說，有一天他會得到一、兩百萬的財產，因爲就像哈里森說的，他已經「實現」這份指望了。在他爺爺的喪禮舉行兩天後，律師宣讀了遺囑，正如大家所預料的，這位老銀行家爲了彌補兒子羅伯特與其妻曾遭受的苦難，決定將一百萬元遺留給他們的兒子曼特。沒有繼承限制、沒有額外禁令、沒有債務負擔，也沒有任何建議來規定繼承人處理這筆遺產的方式。老先生傳授給他的商業訓練，就等同於遺囑中未表明的限制條件了。老彼得相信，他給予這位年輕人的訓練，已經形成一種絕不會錯的人生觀念，如果布魯特無法達成這些觀念所希望他達成的，其造就的痛苦就必須自行承擔；前方已經爲他開出一條道路，路上有一長串的指標，這些簡潔有力的方針，就算有時被忽視，也絕不會被遺忘。老彼得・布魯特在立遺囑時顯然深知，自己一定會在繼承人得到他的遺產前先死，如果到死後還要擔心受益人如何處理個人事務的話，那就太過愚蠢了。

第五大道上的房子以及一、兩百萬元留給了老彼得的一個妹妹，剩下的遺產則流到了一些善於處置遺產的親戚手中，他們十分願意把錢留著，不願捐給慈善之家。老彼得・布魯特井然有序的處理身後之事：他指定傑羅・布什克作爲遺囑執行人，並在遺囑第四條指示，於遺囑經過認證的隔天，將價值一百萬元的證券轉交給曼特・布魯特。因此，九月二十六日那天，布魯特獲得了一份未附任何條件的遺產。

自從爺爺去世後，他就一直住在第五大道那棟陰暗的房子裡，只匆忙去過葛瑞太太家兩、三次，那是他之前住的地方。死亡的陰沉氣氛仍籠罩著第五大道的住所，屋子的沉鬱和神祕使得布魯特渴望來點振奮心情的氛圍。他懷疑，財富是否總是伴隨著些微有害的氛圍。錢財所帶來的富貴和陌生感揮之不去，讓他不甚開心。對於那位已逝的嚴苛獨裁者，他雖然沒有很深刻的情感，但老彼得仍是個眞男人，且博得他的尊敬。朋友拍拍他的背、報紙恭喜他、人們認爲他應該開心——這些舉動的心態，在在讓他反感。這就像一齣不停出現逝者那張嚴厲臉孔的悲喜劇一樣；而他也不停受到回憶、受到一股巨大的懊惱所擾，後悔自己如此愚蠢而漫不在乎。就連這筆錢本身也帶著一股模糊的傷感壓著他。

情況其實也並非這麼糟糕。有好幾天，當埃利斯七點叫他起床時，他會一邊回應他、一邊感謝這份財富，讓他不用一大早就到銀行報到。能夠多睡一個小時的奢侈，似乎就是財富最棒的特權了。剛開始，晨間郵件讓他覺得很逗趣，由於報紙向全世界報導他的巨額財富，使得他每天早上都被信件淹沒。有一大堆公共或私人的慈善機構請他捐款，不過大部分的寄件人都是慷慨且替他著想的。整整有三天，他處於一種絕望的困惑狀態，記者和攝影師都來拜訪他，還有很多頭腦聰明的陌生人，好意要替他把錢投資在有前途的大企業上。當他一邊婉拒科羅拉多州一封宣稱總值五百萬元的金礦、要以四百五十元折價賣給他的來信時，同時也在一邊回絕一位誠實的發明家——對方願意以三百元就賣出某個超酷儀器的祕密，另外還得否認他投標第一國家銀行總裁的傳聞。

某天一早，哈里森將他吵醒，睡眼惺忪的布魯特一邊揉著眼睛、一邊還在閃躲夢中那位無政府主義者從床頭所丟擲的炸彈。哈里森以興奮又神祕的口吻催促他趕緊行動，做好面對毀棄婚約相關訴訟的準備。布魯特坐在床沿，聽著哈里森那些駭人聽聞的故事，訴說著沒良心的女人是如何欺騙純眞善良又聖潔的有錢男子。

銀行的董事們開會決定來哀悼已故總裁的逝世，並將領導權轉交到第一任副總裁手中，接著快速地散了會。關於曼特是否該被核准成為董事會一員，討論的結果是，這還需要時間定案。

身爲董事之一的卓上校，也就是報章雜誌所說的「鐵路大亨」，相當喜歡布魯特這位年輕人，曼特也是他們家的常客。卓上校都叫他「好孩子」，曼特則叫他「老霸子」，當然不是當著他的面。不過這兩個男人之間的情誼，似乎和卓上校的女兒芭芭拉小姐有些關聯。

會議開到下午，曼特告知銀行行員他要先行離開後，走出了董事會的辦公室，此時卓上校走了過來。

「啊，好孩子，」上校熱烈地握著他的手，「現在你有機會大展身手了。你有一筆財富，而且我判斷你應該有能力把它翻個三倍。如果有什麼我可以幫忙的，儘管來找我。」

曼特謝過上校的好意。

上校繼續說道：「接下來會有很多人想盡辦法要花掉你的錢，你會被煩死的。總之，不要聽那些人說的任何話。不要急，你每天都會有賺錢的新契機，所以慢慢來就好。當初要是我知道要離那些傢伙遠一點，我早在好幾年前就發財啦！他們全都想撈你的錢，所以眼睛要放亮點，曼特。年輕的有錢小伙子總是一塊誘人的肥肉！」思索了一會兒，他又說道，「明晚來家裡吃頓飯如何？」

第三章　葛瑞母女

葛瑞太太住在第四十街上。多年來，曼特．布魯特都將她那間靜謐又老舊的房子，當作自己的家。這棟房子以前是她的祖父所有，是城裡這一區最早建造的屋子之一。這裡是她出生的地方，古色古香的老客廳則是她成婚的地點；她的童年、她的短暫婚姻和她的守寡生活，都與這棟房子緊緊相連。葛瑞太太和曼特的母親是同窗亦是玩伴，兩人的友情十分長久。老彼得．布魯特在尋找一個地方安置父母雙亡的孫子時，葛瑞太太懇求他，由她來照顧這個孩子。他比她的女兒瑪格莉特大三歲，兩人就像兄妹一樣共同成長。老彼得．布魯特大方地提供孩子所需的資助。布魯特上了大學後，花錢花到他都對自己的慷慨程度驚訝不已，他給了葛瑞太太豐厚的金錢，去支付那些沒在使用卻打理良好的公寓房間，從未發過一句牢騷。他為人嚴厲，但毫不吝嗇。

葛瑞太太的經濟狀況一直不是很好，第四十街的房子是她唯一的財產。丈夫死後，她就沒有什麼收入，而丈夫在世時經商失敗，卻又導致她父親的遺產，也就是已逝的馬利威勒法官所留給她的一切，賠得一毛不剩。數年來，她在學校教授法文和英文，讓這個家不受債務侵擾，直到瑪格莉特十幾歲時才不再教書。她將瑪格莉特送去哈德遜一間不錯的寄宿學校，畢業之時，她已準備好幫忙母親努力維持生計。瑪格莉特的人緣很好，但是自尊心讓她不曾接受過朋友們的幫助。長相漂亮、個性開朗、充滿朝氣的她，完全沒有天生上的不足。她的心思就像五月的早晨那樣晴朗、歡愉，總把吃苦當作吃補，沒人認爲她有喪失勇氣的時候。

現在布魯特有了這一大筆錢，他想不到比與她們分享財富更棒的事了。走進那間小客廳、靜靜將錢放在她們面前、送給她們，是一件再自然不過的舉動，他絕對不容許任何阻礙。但他知道一定會有阻礙：將這份大禮獻給葛瑞太太，有損葛瑞太太的自尊，這份自尊可是遺傳自好幾世代自傲的男性們。這棟房子有一筆數目雖小但十分惱人的房貸，大約兩、三千元，布魯特試圖想出一個擔下房貸卻又不會過於傷害她們自尊的計畫。雖然有著無數瘋狂的點子，但一念及這兩位對他意義重大的女性，他那顆體貼她們自尊的心，卻又很快地找到一堆不該那麼做的藉口和推託。

離開了銀行，他坐上電動汽車，趕往第四十街和百老匯，接著匆匆走上那條街道。雖然口袋中貼身塞著一疊鈔票——口袋似乎也因他突然得到一筆財富而變得「闊氣」起來，他也沒有因此鄙視開進這條街上的車輛。曼特走近房子時，忠心服侍兩代主人的老亨德歷克，正在掃人行道上的秋葉。

「嗨，亨德歷克，」布魯特開心地向他打招呼，「葉子可眞不少呢！」

「所以呢？」亨德歷克悠悠地說，連看也沒看他一眼。亨德歷克是個沉默寡言的人。

「葛瑞太太在家嗎？」

他發出咕噥聲表示：「是的。」

「亨德歷克，你今天可眞健談！」

他點了點頭。

布魯特用自己的鑰匙進了屋子，將帽子扔在椅子上，隨意地走進書房。瑪格莉特正坐在窗邊，膝上放了一本書。她微微一笑，對他展現一直以來未曾因任何事而變質的友誼。她拉住他的手，說道：「很高興能歡迎浪子回家來。」

「我還以爲你們會像聖經中替浪子宰肥牛犢的父親那樣，替我接風、好好款待我一番呢。」

他起先進屋時的那份害羞已然消失。

「我是有這麼想過，但我可不敢提，」她笑著說，「對待有錢的親友總得帶幾分敬意才行。」

「珮琪，去他的有錢親友！如果我因爲這筆錢而變得不一樣了，那我寧可現在就放棄那些錢。」

「別胡說八道了，曼特，」她說，「當然不會變啊！但你可不能否認，這眞的太驚人了。我們這位朋友週六晚上離開這個簡陋的小屋時，還在提前預支兩週的薪水；下週四回來時，竟已成了金光閃閃的百萬富翁。」

「眞是開心，原來我已經開始發光啦！我還以爲我這人不適合這種形容詞。」

「嗯，我是看不出來你有什麼改變。」她的聲音微微顫抖，即使房裡有陰影，他還是看見了一絲快速掠過她眼底的迷霧。

「畢竟，如果你一直都想成爲百萬富翁，」他解釋道，「做一個百萬富翁對你來說就不是什麼難事。」

「而且總是有一半的機會。」

「眞的，但經濟富裕後我所得到的快樂，並不像經濟困窘時那麼多。」
「但是曼特，你想想看，不必擔心冬天的大衣該打哪兒來，而大衣又會有多長，是件多棒的事呀。」
「噢，我從沒煩惱過大衣的事，那是裁縫該煩惱的。但是，我眞希望我能繼續住在這裡，就像從前一樣。我寧願住在這兒，也不想住在那條大道上的陰暗屋子裡。」
「這聽起來眞像從前我們在閣樓玩耍時你會說的話。你寧願趕快做這件事，也不想做那件事，還記得嗎？」
「珮琪啊，那正是爲何我想待在這裡的原因。昨天晚上，我想起了那間舊閣樓，眞是要命，突然有某個東西梗住我的喉頭，讓我好想哭。我們有多久沒上那裡玩了呢？是啊，有多久了？那時你靠坐著牆，而我躺在閣樓的窗子上，唸奧利弗．奧普蒂克的故事給你聽，你的一雙藍眼睛就像硬幣一樣，睜得好大。」
「噢，親愛的曼特，好幾年啦，至少十二、三年前的事了。」她說，眼睛閃著柔情。
「我下午要上去瞧瞧那裡變得怎麼樣，」他熱切地說，「珮琪，你也來吧。說不定我會找到一本奧普蒂克的書，我們就能再次回到兒時了。」

「看在過去這段時光的份上，」她急忙說，「不如也留下來吃午餐吧！」

「我得說不，因爲我想我必須在十二點半時回到銀行，好讓柏金斯先生能出去吃個飯。百萬富翁的日常生活並不像我以爲的那樣固定不變。」他沉默了一會兒，使得整個氣氛變得嚴肅起來，接著，他呑呑吐吐地說下去，不確定自己該採取何種態度：「得到這筆錢最棒的事情就是……就是我們可以擁有我們想要的任何事物。」話說出口，聽起來不太委婉。這使他不得不假裝專心察看一幅他其實已經很熟悉的畫像，好讓整個氛圍看似輕鬆無事。她沒有答話，但他可以感覺到，她正試圖看穿他那顆絞盡腦汁的腦袋。「我們可以好好裝潢一下房子，還有……你也知道那個火爐已經有兩、三年的毛病了……」他硬著頭皮說出這番話，她的手溫柔地放在他手中，接著站起身來、筆直地站在他面前，眼神流露奇怪的神情。

「請別再說了，曼特，」她輕柔地說，聲音堅定，「我知道你想說什麼。你眞的很好也很體貼，曼特，但眞的不要再說了。」

「爲什麼？我的一切就是你的一切啊。」他說道。

「我知道你很大方，曼特，我也知道你有一副好心腸。你希望我們拿你的錢，」要說出這句話並不容易，曼特只能盯著地板，「我們不能，曼特。絕對不要再說這件事了，媽媽和我早有預感你會這麼做。難道你不明白，就算是你的錢，對我們而言還是一種幫助和施捨，還是一樣會傷人的。」

「珮琪，請別這樣說。」他懇求地說。

「如果你這樣給她錢，她會心碎的。她一定會非常不開心，曼特。或許這樣做很愚蠢，但我們就是不能拿你的錢。」

「我還以為……我以為你……噢！原先想到可以幫上你們的好心情全都沒了。」他絕望地叫道。

「親愛的曼特！」

「珮琪，我們好好談談吧，你不明白……」試圖說些他認為能夠動搖她決心的話語。

「不要！」她喝令道，眼神露出他過去曾看過一、兩次的熊熊火光。

他站起來，來回踱步，接著站在她面前，一抹苦笑掛在臉上。她看著他，眼眶泛淚。

「這不過是一種無理的偏見，珮琪，」他提出毫無用處的抗議，「而且你也知道是這樣。」

「你還沒讀今天早上寄給你的那些信，它們就在桌上。」她回應，不理會他說的話。

他拿了信，回到窗邊的座位，草草看著信件。最後一封是來自格蘭特與銳普利律師事務所的信，雖然他心不在焉地看，仍禁不住發出一聲吃驚的「老天！」他大聲地將信件唸給瑪格莉特聽。

九月三十日
致紐約的曼特‧布魯特先生，

親愛的先生：我們收到蒙大拿州史威瑞根‧瓊斯先生的來信，告知一件不幸的消息，那就是您的舅舅詹姆士‧瑟居維克在短暫的病痛後，已在本月二十四日於波特蘭的M醫院去世。撰寫此信時，瓊斯先生已於蒙大拿州出任您的舅舅之遺囑執行人一務，並且聘請我們作為他的東部代表。他在信中附上一份遺囑副本，您被指名為唯一繼承人，遺產之繼承具有附帶條件。若您方便，今天下午是否能夠親自來我們的事務所一趟？讓您立即知道遺囑內容是相當重要的。

格蘭特與銳普利律師事務所　謹啟

好一陣子，空氣中瀰漫著驚異之情。接著，一個微弱又錯愕的笑容，出現在曼特臉上，瑪格莉特也跟著笑了。

她問：「誰是詹姆士舅舅啊？」

「我根本沒聽說過他。」

「當然，你得馬上去一趟銳普利律師事務所才行。」

「珮琪，你忘了嗎？」他語帶一絲惱火，回道，「今天下午我們要唸奧利弗・奧普蒂克的故事呢。」

—第四章— 瞬間

隔天，曼特來到格蘭特與銳普利的事務所。「布魯特先生，您眞是既幸運又不幸哪。」格蘭特先生說。曼特坐在椅子上一副不感興趣的表情，顯然他對詹姆士・瑟居維克的遺囑興趣缺缺。在他的記憶深處，已經想起來這位很久以前便無消無息的舅舅。很小的時候，他曾見過這位詹姆士舅舅，寥寥幾次來拜訪過羅伯特・布魯特夫婦倆。不過，前一晚於卓上校家中吃過晚飯的曼特，在走進史威瑞根・瓊斯雇用的律師事務所時，滿腦子想的卻是昨晚充滿魅力的芭芭拉。

「格蘭特先生，事實上，我已經完全不記得這位舅舅了。」他答道。

「這不意外，」格蘭特先生親切地說，「每一個二十年前在紐約認識他的人都認爲他死了。他在你還很小的時候就離開了這座城市、去了澳洲，到那裡尋找財富，當時他很需要錢。瓊斯先生的信就好像死人的訊息一樣。要不是我們已經認識瓊斯先生很久、常常替他處理重要事務的話，我大概會懷疑這個故事的眞實性。你的舅舅大約在十五年前來到蒙大拿州，並且與史威瑞根·瓊斯建立起深厚的友誼，瓊斯先生是西部最有錢的人之一。瑟居維克的遺囑是在他過世那天簽署的，也就是九月二十四日，因此瓊斯先生自然被指名爲遺囑執行人。這就是我們負責這件事的緣由，布魯特先生。」

「我懂了，」曼特有些疑惑，「但是你爲何會說我既幸運又不幸呢？」

「這件事十分特殊，等你聽我說完這一切後，你會認爲我這麼形容你的處境，還算是挺適當的說法。我想，在昨天那封信中，你已知道自己是唯一的繼承人了。而這個消息或許會嚇你一跳，詹姆士·瑟居維克死時，擁有價值約莫七百萬元的資產。」

曼特·布魯特坐在椅子上，嚇呆了，他直直盯著這位能夠平靜說出驚人消息的老律師。

「他在西北部擁有金礦和農場，這些資產的價値是無庸置疑的。瓊斯先生在給我們的信中，大略敘述了詹姆士·瑟居維克來到蒙大拿州後的生活歷程。他在一八八五年從澳洲來到蒙大拿州，當時身上有三、四萬元。短短五年內，他就擁有了一座大農場；接著又不到五年，成爲三座礦藏豐富的金礦主人。財產快速累積，他所接觸的一切全都成了黃金。他爲人精幹、謹愼、節儉，處理金錢的技巧，和華爾街金融家不相上下。他於波特蘭過世時，一毛債款也沒有。所有的財產就像政府公債那樣安全無虞、毫無債務問題。眞是相當難以置信，對吧？」律師如此總結，一邊注意布魯特的表情。

「所以他將一切都留給了我？」

「但有附加條件。」

「噢！」

「我這邊有一份遺囑副本。我和銳普利先生是紐約目前爲止唯一知道遺囑內容的人。我可以肯定，在你聽過遺囑後，絕對不會輕易洩露給他人的。」

格蘭特先生從書桌的架子上，拿出一份文件，調整一下眼鏡，準備開始宣讀。然後，像是突然想到什麼似的，他放下文件、轉向布魯特。

「瑟居維克似乎一生未娶。你母親是他的妹妹，也是他唯一的至親。他雖然性格古怪，但心智正常。你可能會覺得這份遺囑十分怪異，但是遺囑執行人瓊斯先生可以解釋遺囑條文中任何奇怪的內容。瑟居維克在紐約的老朋友都不知道他的行蹤，可是他卻似乎完全掌握這裡所發生的一切：他知道你是你母親的獨子，且是他唯一的外甥；他也知道你母親的結婚日期、你的出生日期和羅伯特・布魯特與布魯特太太的逝世日期；他還曉得老彼得・布魯特打算將一大筆錢遺留給你，這裡頭大有文章。瑟居維克十分自傲。他住在紐約時，人們都知道，他這個人從不原諒觸犯他自尊的人。當然，你也清楚，你父親娶瑟居維克小姐時，老彼得・布魯特曾極力反對。老彼得拒絕承認她是他的媳婦、斷絕與兒子的關係，並且嚴厲毀謗瑟居維克一家人。城裡的人們普遍認爲，詹姆士・瑟居維克在他們婚後三、四年離開美國，便是因爲他和老彼得・布魯特無法住在同一個地方。他對這位老先生的憎恨，深刻到他必須逃離這裡，才不至於殺了他。聽說有一次，他來到妹妹這位敵人的辦公室，目的是要把他殺死，但是卻被某件事給阻擋了。你待會就知道，他甚至將這份怨恨一同帶進了墳墓。」

曼特・布魯特試著釐清頭緒，整個世界和他自己都籠罩在一片不眞實的迷霧中。

「格蘭特先生，我想還是由你來唸這個奇怪……這份遺囑好了。」他說，努力克制住緊張的情緒。

格蘭特先生清了清喉嚨，平靜地開始唸出遺囑。有一度他抬頭看見聽者急切的神情，但後來又發現對方變得不怎麼感興趣。他暗自猜想，那是否只是裝出來的。

簡單地說，詹姆士·瑟居維克在最後的遺囑中，將過世之時所擁有的一切，無論不動產或動產，都留給他唯一的外甥，也就是羅伯特和露易絲·瑟居維克·布魯特之子——紐約的曼特·布魯特。在這條極為重要的條文下，有一連串附帶條件，決定這些資產最終的處置方式。其中，最特殊的條件便是，遺產繼承人在滿二十六歲那天，即九月二十三日，必須身無分文。

遺囑接著詳盡地說明這個重要條件的細節規定。文中提出，曼特·布魯特在上述所說的指定日期當天，除了身上的衣物，不得擁有其他財產；那天開始瞬間，他就不能擁有任何屬於他名下，或者日後可拿回的錢財、珠寶、家具或資產。而到九月二十三日紐約時間的上午九點鐘，遺囑執行人在遺囑條文的規定之下，便能將所有列在財產目錄中的金錢、土地、債券、股份，轉移到曼特·布魯特名下。此財產目錄已附在遺囑中。倘若曼特·布魯特未能履行遺囑中的每一項細則，讓前文所述的遺囑執行人史威瑞根·瓊斯滿意，則一切資產得捐贈予遺囑中所指定的特定慈善機構。促使詹姆士·瑟居維克下達如此嚴厲的指令，其動機顯而易見。他用這麼多的篇幅聲明一件事：他的繼承人如果持有任何一毛來自他的仇敵老彼得・布魯特所遺留的財產，無論其形式爲何，這位繼承人都不得獲得他的遺產。雖然瑟居維克逝世時，並不知道老銀行家將一百萬元留給他的孫子，但是很顯然地，他認爲曼特一定會因爲他的敵人而致富。爲了防止他的財產與老彼得・布魯特的錢財有絲毫可能混，詹姆士・瑟居維克在行將就木之時，著手擬了這份驚人的遺囑。

除此之外，遺囑中尚有一條內容，是他爲曼特・布魯特在二十六歲生日前的這一年間，所立下的行爲規矩。他規定，布魯特必須向遺囑執行人充分證明，他有辦法精明睿智地處理個人事務；有能力藉由自身事業，增加個人財富；能光明磊落地過完二十六歲生日，沒有一絲一毫奢侈放蕩之情事；生活習慣節儉；一年結束之時，不會持有任何「有形或無形的資產」；不會做出任何捐獻行爲；不能捐太多款給慈善組織；不會借貸亦不贈送金錢予他人，以防款項日後又還給他；無論支出多寡，都能遵守「散財散得有價値」的原則。這些條件僅對繼承人滿二十六歲前一年的生活具有效力，顯然瑟居維克先生並不打算在財產落入繼承人手中後，還繼續對他施加上述的任何限制。

「你覺得如何呢？」格蘭特先生將遺囑遞給布魯特，問道。

後者接過紙張，草草看了一眼，彷彿聽完整份遺囑，仍無法完全理解箇中意思。

「這一定是個玩笑，格蘭特先生。」他說道，努力在這團迷霧中摸索著。

「不，布魯特先生，這千眞萬確。這裡有一份瑟居維克居住縣市的遺囑檢驗法院所傳來的電報，對方因我們的要求而寄了回信來。電報上說，遺囑將進行歸檔，進行遺囑認證，同時還說，瑟居維克先生的確是名百萬富翁。他所謂的財產目錄，列舉了他的財產及其價值，總數大約是六百三十四萬又五千元。你看，這些投資物全都是信譽度極高的，這幾百萬元中，沒有任何不義之財。」

「嗯，眞是令人難以置信，不是嗎？」曼特說，將手貼著額頭。他開始理解了。

「不只是如此而已。你打算怎麼做？」

「怎麼做？」他驚訝地說，「爲何這麼問？這不是我的錢了嗎？」

「要到明年九月才會變成你的。」律師悄聲說道。

「這個嘛，我想我可以等囉。」布魯特笑著說。

「但，小伙子，你現在已經有一百萬了，難道你忘了，從現在開始一年後，你必須身無分文？」

「格蘭特先生，換作是你，難道不會想用一百萬換七百萬嗎？」

「那麼我請教你，你要怎麼做到呢？」格蘭特先生溫溫地說。

「爲何這麼問？當然是靠消耗這種簡單的方式啊。你不認爲我能在一年內花掉一百萬？天哪，誰做不到！我只需要鬆開錢囊，自然而然就會空空如也。我不介意在明年的九月二十三日，當個幾小時的乞丐。」

「所以這就是你的計劃？」

「那是當然。首先，我要先證實這份遺囑中所說的一切都是眞的。待我確定這份財產和我的權利都是千眞萬確的，我就會立即採取行動，花掉我爺爺的一百萬。」布魯特的聲音現在比較肯定了，對於生命的熱情又回來了。

格蘭特先生緩緩向前傾，他那專注、透視人心的注視正好好檢查這位小伙子的熱情。

「我很欣賞、贊同你想將爹爹一百萬換成更大財富的聰明才智，但是我覺得你似乎忘了那些條件了，」他緩緩說道，「難道你沒想過，要將這一百萬花完、又不能違反你舅舅遺囑中提出的限制條件，不是件容易的事，還可能落得兩頭空？」

第五章 瓊斯的來信

布魯特的心中逐漸形成了一個新的想法。在他過去的一生中，一直以來都在思考如何賺更多錢，以支付他的帳單，卻從未想過，原來花錢竟會和賺錢一樣困難。這個想法一度使他動搖，接著他勝利地大叫：「我可以拒絕爺爺的一百萬！」

「你不能拒絕已為你所有的東西。我知道布什克先生已經把錢給了你，你擁有一百萬元，布魯特先生，這件事無庸置疑。」

「你說得對，」布魯特沮喪地附和，「沒錯，格蘭特先生，這個提議對我來說太難決定了。如果你不必馬上答覆他，請讓我想一想。這一切就跟場夢一樣。」

「這不是夢，布魯特先生，」律師笑道，「你面對的是驚人的現實。明天早上再過來找我，好好想一想，仔細考慮，別忘了你所面臨的遺囑條件。同時，我會寫信給遺囑執行人瓊斯先生，詢問他究竟希望你怎麼做，才符合遺囑所列出的要求。」

「不要用寫的，格蘭特先生，請發電報，並請他也用電報回覆，畢竟一年的光陰對於這種事情而言，實在太短了。」停頓了一會兒，他繼續道，「該死的家族恩怨！詹姆士舅舅的態度爲何不肯軟化一點？他給我這顆純樸的腦袋帶來無盡的煩惱，就只爲了我出生前吵的一場架！」

「他是個怪人。在一般的情況下，人們的確不會記恨記這麼久。但他怪不怪無關緊要，他的遺囑就像法律，沒得商量。」

「假設我在明年九月二十三日前，成功花光大部分的錢，卻還剩下一千元！我不但輸了七百萬，還變得和乞丐無異！這實在不太值得我賭上一百萬。」

「這的確是個問題，小伙子。好好想想，再下決定。同時我們也可以來查證一下這份財產清單的正確性。」

「請放手去查。此外，請拜託瓊斯先生不要對我太苛求。我想，如果條件不太嚴苛的話，我會冒這個險的。但若瓊斯先生個性太過嚴峻，我可能就會放棄希望，滿足於我現有的。」
「瓊斯先生的個性可一點也不嚴峻，但他是個相當實際且頭腦清楚的人。他肯定會要求你保留花費細目，並且讓他看看你每一毛錢的支出收據。」
「老天！要我一一列出明細？」
「至少列個大概吧，我想。」
「那我得雇用一群揮金如土的人，替我想想揮霍的好法子。」
「你忘了一個條件，那就是這件事情你不能向任何人透露。想一想吧！睡一覺後，或許就沒這麼難決定了。」
「那也要我睡得著才行。」
那天剩下的時間，布魯特就像一個正在睡夢中的人那樣四處遊蕩著。他全副心思都放在這件事上，只覺茫茫然。一些朋友在路上遇見他，他僅遠遠地點了點頭，使他們憤而斷定，財富已漸漸改變了他；他的腦中充斥著統計數字、數據金額、計算公式，使他頭昏腦脹，有一次，他還差點被一輛電纜車輾過；他一個人在後街的某間小法式餐館吃飯，服務生對於他所喝下的黑咖啡杯數感到十分驚異，而發現他完全沒碰鵪鶉肉和生菜時，則露出一副受傷的神情。
那天晚上在葛瑞太太家，他房間的小桌子上都是便條紙，每張紙條上，都寫滿了令人費解的數字謎團。吃過晚飯後，他回到自己的房間裡，忘了他現在其實住在第五大道。午夜過後許久，他仍抽著菸、算著數字、做著發財夢。一百萬這個巨大的數字第一次重重壓在他身上。若是從那一天，也就是十月一日開始，他就要著手進行花掉一百萬元的大業，那麼他就只剩下三百五十七天可以完成。拿一百萬這個整數來算，很容易便可算出每日的平均支出。原先的狀況看起來，並非完全不可能做到。可是，當他拿起那張寫有計算結果的小小計算紙，悲慘地苦思著這個簡單的數學題目時，他發現自己錯了。

算起來，接下來將近一年的時間中，他一天平均的支出得爲兩千八百零一元又十二分錢。然而，就算每天花這麼多錢，最後還是會剩下十六分錢，因爲驗算過後，實際上只會花掉九十九萬九千九百九十九元又八十四分錢。然後他又想到，銀行會生利息。

「但是如果成功，一天的兩千八百零一元又十二分錢，就會多出七倍，」他終於上床睡覺時，喃喃自語道，「那也就是一天會有一萬九千六百零七元又八十四分錢，整整多了一萬六千八百零六元又七十二分錢的淨利。那還挺不錯的，非常不錯。不曉得銀行會不會強迫收我利息？」

這些數字在他睡著後，仍不停地自我加減乘除，他甚至還夢到史威瑞根・

瓊斯命令他，吃下那間法式餐館價值一百萬元的野味和沙拉。然後他猛然醒過來，意識到自己方才大聲喊道：「我做得到，可是一年的光陰對於這種事情而言，實在太短了！」

九點鐘，布魯特終於起床。洗過澡後，他覺得自己已經準備好面對任何問題，就算飽餐一頓也行。格蘭特與銳普利事務所的格蘭特先生傳了一則口信給他，告知他蒙大拿州那邊，已傳來一封重要的電報，並請他於下午一點共進午餐。他還有時間，瑪格莉特和葛瑞太太又已出門，所以他便打電話給埃利斯，請他將馬帶到公園入口。秋天涼爽的天氣十分適合騎馬，布魯特發現已經有好些聰明人在公園裡騎著馬了。他的馬兒十分渴望跑一跑，所以有些過度興奮。就在他還來得及勒馬前，馬兒眼看就要一頭撞上方碑。正當他要騎到馬路上時，差點就被開著新式法國汽車的卓小姐給撞個正著。

「實在很抱歉！」她尖叫道，「我真的不是故意要撞你的，你是第三個差點被我撞到的人！」

「被你撞到是我的榮幸。」

「這樣啊，那麼小心囉！」她發動汽車，作勢要撞他，但及時停了下來，笑著說，「你的英勇值得嘉獎。要不要把馬兒送回家，跟我一起開車兜風？」

「我的男僕在第五十九街等候，如果你能開到那麼遠，我很樂意。」

曼特和卓小姐其實只是社交圈認識的友人。他曾在一些晚宴和舞會上遇見她和許多女孩，但她給他留下的印象最深。每回他們雙眼對上，他總有一種難以形容的感覺。曼特經常在想這種感覺究竟爲何，但他知道，這並不是單純的友誼。

「如果我沒看著她的眼睛，」他對自己說，「我甚至可以跟她談論政治，可是她看著我那瞬間，我就知道她能看透我心裡所想的一切。」第一次見面時，他們就認定彼此是好朋友；第三次碰面後，他們互叫對方的名字，似乎是再自然不過的事。曼特知道自己正踏在一條危險的路徑上。他從未想過芭芭拉是怎麼看待他的。他理所當然地認爲，她對他的感覺一定不只是朋友。開車穿越大街小巷時，他們不時地向經過的友人點頭致意。他們可以感覺得出，當中有些女人，特別是岱思特小姐，轉過頭來盯著他們瞧。

「你不怕人們說我們閒話嗎？」曼特笑著問。

「說我們一起在公園開車兜風？這裡就和第五大道一樣安全呢。況且，誰在意啊？我覺得我們可以不管那些流言。」

「你可眞是有教養，芭芭拉。我只是不希望你被別人談論，如果我太超過了，儘管告訴我、叫我下車。」

「我兩點有午餐約會，在那之前我們都可以繼續兜風。」曼特倒吸一口氣，看了看錶，「再五分鐘就一點了！」他叫道。他忘了與律師的約會。卓小姐帶給他的愉快心情，讓他連詹姆士舅舅的七百萬元都拋諸腦後了。

「我有一個生死交關的約會，就在一點鐘！你能否載我到最近的高架鐵道，或在這裡放我下車，我可以用跑的。」

芭芭拉還沒回過神來，他們就已經轉了好幾個彎，在曼特的指示下，車子幾乎要把路面給翻了起來。

「如果換作一般人，」她語帶興奮地說，「我一定會覺得我被綁架了！」但是當她看見曼特猙獰的表情，並且不只一位警察警告他們時，她開始警覺起來，「曼特．布魯特，這車速實在太危險了。」

「或許是，」他答道，「但是如果他們遲鈍到不知道要閃開，那麼被撞了也不能抱怨什麼。」

「我不是說那些人車、障礙、路樹或紀念碑，曼特。我是說你和我，我們這樣不是會被撞死就是會被逮捕。」

「如果一切都如我所希望的發展，那麼這也算不了什麼。別擔心，小芭。現在已經一點了，老天，我沒想到這麼晚了。」

「你的約會眞的如此重要？」她問道，注意聽他回答。

「這個嘛，的確是很重要。大笨蛋，小心一點！想被撞死啊？」最後這一句是對著一個憤慨的路人大罵的，他在千鈞一髮之際逃過一劫。

「到了，」他們停在高架鐵道入口處時，他說，「太感激你了，你眞是好樣的！很抱歉得這樣子離開你，之後我再跟你解釋。你眞是太好了，幫我趕上約會！」

「我倒覺得是你幫了自己，」她對著他衝上階梯的背影叫道，「改天來喝杯茶，順便告訴我那位小姐究竟是誰。」

他走了之後，卓小姐轉向後座的私人司機，然後不可抑制地笑出聲來，司機臉上也若有似無地露出一抹笑容。

「請原諒我這樣說，小姐，」他說，「如果哪天布魯特先生太多情而得了性病，我會幫助他的。」

只遲到半小時的布魯特，趕忙走進了格蘭特與銳普利事務所，毫無意識到自己紅通通的臉頰上，沾有一大塊汙泥。

「實在很抱歉讓你等這麼久！」他道歉著。

「福爾摩斯一定會說，你剛剛在開車，布魯特先生。」銳普利先生一邊說，一邊和布魯特握手。

「那他可說錯了，銳普利先生。我剛剛在飛呢！蒙大拿州那邊有什麼消息？」他等不及了，問題就這樣脫口而出。律師們忍不住哈哈大笑，布魯特也跟著笑了起來。他們在他面前攤開五、六張由蒙大拿州的銀行家、律師和金礦負責人所傳來的電報與回信。這些信件證實了詹姆士・瑟居維克的財富總額是毫無疑問的；事實上，總金額還比實際數字更大。

「那麼瓊斯先生說了什麼？」曼特問道。

「他的回覆就像一份新聞稿那樣正式。他試著把一切說得清清楚楚，如果還有沒說到的部分，那就不是我們所能理解的範圍了。很遺憾，我必須告訴你，傳電報來的錢他已經付過了。」格蘭特先生笑著說。

「他對於這件事的態度明理嗎？」曼特緊張地問。

格蘭特先生快速而意味深長地看了伙伴一眼，接著從抽屜裡拿出史威瑞根・瓊斯傳來的冗長電報。內容如下：

十月二日

致紐約猶加敦大樓的格蘭特與銳普利

在這件事情上，我是唯一的仲裁者。兩位身為我所聘僱的代理人，必須每週向我報告繼承人的狀況。舅舅所希望的，便是不讓布魯特留著爺爺的遺產。我得尊重他的希望。我將嚴格執行遺囑條文。他是我的摯友，並信任我，將所有的財產交由我處置。我會以神聖的態度處理此事。繼承者務必在時限內，花光身上所有積蓄。為了表示對舅舅的尊敬，他不得向任何人透露此事。我不希望世人將詹姆士看作愚蠢的笨蛋。因為他並不是。以下是我希望他能遵守的規定：一、不可魯莽賭錢；二、切勿進行愚蠢的投機買賣；三、不得對任何人進行捐贈，因為受贈者的記憶也算是一種無形的資產；四、不得隨意借貸，這並非是叫他當個小氣吝嗇的人；我討厭小氣鬼，詹姆士也是；五、除了一般花費，不得額外花錢。我討厭聖人，詹姆士也是。我倆年輕時都曾幹過放蕩之事；六、不得過度捐獻予慈善機構。如果他能捐出跟其他億萬富翁一樣多的錢，我就同意。別認為慈善機構理應接受這些恩惠，並被這些捐獻給寵壞。花掉一百萬元很不容易，所以我不會對他提出無理要求。就讓他自由花費，但不要花得愚蠢，花錢要花得有價值。如果他做得到，我會認為他是個好的生意人。我認為，服務生的小費如果給超過一塊錢，是很蠢的，泊車小弟的小費也不值超過五塊錢，他賺的錢不超過一塊錢。如果繼承人想要嘗試大風險投資，那麼他最好快點進行，免得等到審判之日時出了差錯。剩不到一年了。祝他幸運。之後會再寫更詳盡的信給你們。

瓊斯

「再寫更詳盡的信！」曼特複誦了一遍，「還有什麼東西可寫？」

「已經很詳盡了，」律師說，「但是在你決定之前，最好事先知道所有的條件。你決定好了嗎？」

布魯特坐了一段時間，牢牢盯著地板。他的心裡十分掙扎。

「這是一場賭注，很大的賭注，」他最後說，挺挺肩膀，「但是我要下注。雖然這樣好像對爺爺很不忠誠，但是我想就連他也會這麼建議我。對，你可以寫信給瓊斯先生，告訴他我接受這個機會。」

律師稱讚他的膽量，並祝他成功。布魯特笑著轉過頭來。

「那麼首先，我想問問你們，以這種案件來看，要付多少律師費才合理呢？我希望你們能當我的代理人。」

「你不會想要一次就把錢花光光，對吧？」格蘭特先生笑著問，「我們很難同時當你和瓊斯先生的律師。」

「但是我需要一名律師，而遺囑又限制我，不可透露此事給他人，我該怎麼做？」

「我們會詢問瓊斯先生該怎麼做。雖然這件事非比尋常，但要如此執行的法律困難點亦不難理解。我們不能同時接受兩方的律師費。」格蘭特先生說。

「但我需要願意幫助我的律師。如果你們拒絕收下我的錢，就幫不到我了。」

「我們會訴諸仲裁者的裁決。」銳普利笑道。

入夜前，曼特・布魯特做了一件令世人嘖嘖稱奇的工作——在全世界不知道眞相之下。出於對富少幫的忠誠情誼，他邀請朋友們吃晚餐，使他們大開眼界。

「香檳耶！」在餐桌坐定後，哈里森叫道，「我已經不記得上次喝香檳是什麼時候啦。」

「當然囉，」地鐵笑著說，「喝完香檳後，什麼事都記不得啦。」

吃著晚餐，布魯特向他們解釋，他有意在一年內將財富增加一倍。「我也打算找點樂子，」他說，「你們必須幫我。」

諾波・哈里森被聘爲業務主管、伊榮・嘉德能是財務祕書、喬伊・布拉格登是私人祕書、地鐵・史密斯是顧問，其他富少幫成員也有別的職務。

「諾波，給我一間你所能找到最時尚的公寓，」他命令道，「別去管價錢。請佩提將它由裡到外重新裝潢一遍，並且找來最棒的僕人。我要住在那裡，別擔心結果。」

第六章 基督山伯爵

兩週後，曼特．布魯特有了新家。謹遵老闆吩咐，諾波．哈里森租到了九月為止紐約市最昂貴的公寓之一。租金是兩萬三千元，而他精明的財務祕書透過預付全款的方式，為老闆省下了一千元。然而，當他將省下的這筆小錢報告給布魯特先生時，卻意外地發現他不太高興。「我從來沒看過這麼沒有金錢概念的人，」諾波喃喃地說，「他花錢的方式，就像芝加哥來的億萬富翁那樣，試圖擠進紐約上流社會。要不是有我們幾個幫他省錢，他半年內就會跟乞丐一樣窮了。」

保羅．佩提是又喜又驚，因為他能根據這位房客所希望的藍圖，重新裝潢一些房間。這位漸上軌道的年輕藝術家對這個機會，興奮得幾近慌亂，並且欣然同意以五百元的工資接下這份工作。後來，當務實的布魯特告訴他，光是一間房間的油漆和材料，就是他工錢的兩倍時，他像個小女孩一樣靦腆地臉紅了。

「佩提，你的生意頭腦簡直和一隻羊差不多，」曼特如此批評，保羅謙卑地低著頭懺悔。「幫你粉刷工作室的人，在計算一件作品時，所用的智力都比你還多咧。我要付兩千五百元給你。這個價錢才公道，我不能付比這個數字還少的錢。」

「依你這樣的算法，以後恐怕什麼錢也付不出來了。」佩提自言自語道。

因此，佩提和一組裝潢工人很快地便將房間變成了各個支架與油漆桶的混合空間，最後，這些物品產出的結果相當不錯。從未有人覺得佩提缺少點子，這次正是個展現的好機會。唯一的缺點是布魯特毫不留情所訂下的時間限制。若不是時間上的限制，他說不定可以做出瑰麗的裝飾鑲板，讓普維・德・夏凡納②的輝煌成就瞬間失色。時限使他不得不駕馭一下自己奔騰的點子，因此他決定採用極簡風格，會比較合適。成果十分非凡，但也不會太過頭，同時具有深度和氣質。

他既開心又熱烈地協助布魯特選購每一個房間的家具和壁紙，但他並不知

②十九世紀法國象徵主義畫家，被推崇為當時最出色的裝飾畫家。

道他的老闆購買任何東西時，都是有條件的購物。布魯特先生和所有的業者都訂了合約，好讓他之後需要清空所有資產時，用便宜的價格賣回給業者。凡在購買貴重必需品時，他都會遵守這個原則。曼特．布魯特腦中負責計算數字的區塊，因此而不停成長，幾乎到了不正常的比例。

為了保有葛瑞太太家的房間，他找了一個站不住腳卻可憐兮兮的藉口，說他希望能有一個地方，是他偶爾可以尋求平靜和安寧的所在。當葛瑞太太對這個浮誇的說詞提出反對時，他的傷心看來是如此真誠，讓她不由得被打動，內心感到深深的喜悅。她很喜愛這個臉蛋白淨的孩子，所以當她重新證明了他對她的忠心和愛，喜悅的淚水不禁湧上了她的雙眼。儘管他在別的地方還有奢華無比的公寓可使用，他的房間仍為他保留了下來，就好像他期盼日日夜夜都待在裡面一樣。奧利弗．奧普蒂克的書仍擺在閣樓裡，雖然已經破爛不堪，但對瑪格莉特來說，卻是未來財富的化身、美好歲月即將來臨的希望。她太了解曼特了，因此她可以感覺到，新的天命帶來的一切光輝與燦爛，不會使他忘記這個老舊的黑暗小閣樓。

在他發帖邀請各位參加盛大的晚宴時，引起大家不小的驚愕。他的爺爺才去世未滿一個月，社交圈因為他赤裸裸地展現對亡者的不敬而反感。雖說沒人期盼他會延長服喪的時間，但他竟全然漠視禮俗，使得人們十分訝異。一些年紀已長、時日不多且有繼承人的長輩，公然譴責他良心泯沒的行徑，一想到若是自己的繼承人對自己的紀念都像布魯特這麼短暫，他們就很難感到安慰。柯雀兒老太太因此更改了遺囑，將兩個姪子完全刪掉；喬瑟夫．加羅第那位節儉又貧困的孫子也將遭受到遺產大幅縮減的不幸；凡．沃特法官原本活不過那晚，但聽見病房裡有人說曼特．布魯特要舉辦筵席後，突然病情就好轉了。準繼承者們自然也都將遺囑多出的條件，怪到布魯特頭上。

然而，老彼得的孫子將要舉辦的晚宴，卻也成了城裡的話題。六十位受邀的賓客，沒有一個打消參加的念頭。距離晚宴還有很久，關於宴會宏偉程度的報導就已廣爲人知。其中一則報導說，晚宴上的每一盤菜都要價三千元。關於價格的傳說，各大報導從三千元往下猜測，最低一直到五百元的價碼都有。曼特當然很樂意支付三千元以上的價格，但是某種神祕的力量，他腦中浮現一幅史威瑞根．瓊斯的逼眞畫像，畫中的他將一顆大大的負評記號壓在他身上，使得他不得不克制花大錢的衝動。

「眞希望我能知道，到底是要遵從紐約還是蒙大拿州對於奢侈的定義，」布魯特對著自己說，「不曉得他會不會看紐約的報紙。」

每天深夜，偉大悠久的布魯特家族最後一位子嗣，在打發了男僕後，回到房中、坐在桌前、拿著紙筆、點亮燭火（他發現蠟燭比檯燈好用，也貴得多），認真且虔誠地計算一天的花費。諾波和伊榮保留了所有支出金額的收據，而喬伊也撰寫了一份正式報告，但是他們口中的「老闆」仍要確定每日支出達到平均需花費的金額後，才肯心滿意足地去睡覺。頭兩週的生活過得十分忙碌。事實上，在這場競賽中，他似乎還領先了不少。兩個星期的時間，他就花掉將近十萬元，但他發現其中大部分的費用，其實是年度所需花費，而非每日固定花費。他在一本私人的小帳本中，紀錄了盈虧帳目，世界上沒有像他這種奇特的帳目。一般商人會記錄在虧損部分的項目，他卻記在盈利的欄位，同時還持續尋找良機，希望增加該欄的總金額。

抵達紐約隔天便一直服侍著老彼得的管家洛力，因爲受不了艾美琳姑婆對布魯特行爲的憤慨和疑惑，而來到他的宅邸當管家；廚師則來自巴黎，名叫德圖伊。男僕埃利斯也發現，在曼特的家中工作，比在第五大道的房子中還要好得多。艾美琳姑婆永遠無法原諒姪孫那些惡劣又惱人的行徑，也就是她所謂的叛親。

曼特最出色的金融業績之一，便是購買了輛價值一萬四千元的汽車。他淡然地對諾波及另外兩位祕書承認，他只是要拿這輛車作爲練習用車，一旦他學會如何駕駛汽車，他希望再花七千元，買一輛實用、耐用的好車。

他的下屬們時時湊在一起，思考要如何遏止曼特這種魯莽的奢侈作爲。他們非常擔憂。

「他現在就像港邊的水手一樣，」哈里森說，「只要想要一樣東西，金錢對他來說不是問題，而且要命的是，他好像看到什麼就想要什麼！」

「這個現象不會持續太久的，」嘉德能安慰地說，「就像跟他名字差不多的基督山伯爵③那樣，他剛擁有了全世界，想要好好享受。」

「可是在我看來，他好像不想要財富似的。」

每當他們責備布魯特，他就會說，「我現在有了錢，希望能給朋友好日子過。換做是你們，你們會怎麼做？畢竟，錢是拿來做什麼的？」藉此消除他們的疑慮。

「但是要舉辦一個每盤菜三千元的晚宴……」

「我打算挑選十多盤菜，但就算這麼多道菜，也無法打平我曾欠過的債。

③大仲馬的名著《基督山恩仇記》中的主角基督山伯爵英文原文為Monte Cristo，Monte與本書主角曼特（Monty）近似。

這麼多年來，我都是在別人的家中享宴、別人的船上享樂。他們對我來說一直像施捨者，而我又曾經對他們做過什麼？什麼也沒有。現在我可以負擔得起了，我一定要還他們一些人情，讓自己挺起胸膛來。難道這樣不合理嗎？」

就這樣，大家繼續準備著曼特的晚宴。除了他那支有效率的團隊提供的慷慨協助，他還找來丹．德米太太，作爲他的「社交指導兼女性賓客監護」。作爲年輕已婚階層的領袖，丹太太在報章雜誌上十分出名。她是城裡最聰明又美麗的年輕女子之一，她的丈夫更是其中一個「不必受邀就可出席」的賓客。德米先生其實住在俱樂部，有時暫住家中。有人說，他的動作很慢，而他的太太動作卻很快，因此每當她邀請他到家中晚餐，他常常遲到兩、三天。總之，丹太太是布魯特晚宴委員會中的內定人選。只要她一隻手指頭，就能將派對變得有趣，而非滑稽。

晚宴舉辦於十月十八日。丹太太運用她那可比將軍的統御能力，替賓客巧妙地安排座位，使得晚會一開始，就樂趣橫生。卓上校與瓦倫丁太太坐在一起，使他相當開懷；凡．溫可先生和美麗的瓦倫丁小姐並肩坐著，絕對沒人會說他不開心；克倫威爾先生則坐在莎薇吉太太的旁邊；如此精巧的手法也展現在其他賓客的座位安排上。

這些人對宴會多少有些疲乏感，他們預期這是場無趣的晚宴，但在好奇心的驅使下，仍然接受邀約。在社交方面，曼特・布魯特尚能讓自己具有存在感。人們談論著他和他的晚宴，即使他們是在躊躇不定地情況下接受邀約的。大家都很好奇他如何獲取丹太太的幫忙，不過丹太太總是能夠帶來新鮮事物，轉移話題。晚宴所獲得的任何成功，都無可避免地歸功於她。晚宴也的確十分成功，雖然整個派對並沒有特別令人驚喜的事物。曼特決定來個保守的開始。他遵循晚宴傳統，但是仍辦得很好。加入了些微奢華的成分，以及少許華麗的風格。佩提設計了一張特別的餐桌，帶有舒適的社交氛圍。他使用了淡紫色的蘭花來裝飾，另外還布置有白裡帶黃的蝴蝶花綵。他原先希望使用大理花，因爲這種花有許多顏色，從淺黃、橘黃到深紅都有，但是曼特堅持使用蘭花。在某次難得且愉快的時刻，佩提這位藝術家還發現一座巨大的枝狀金燭台，以及許多製作更爲精緻且具有乳白光澤的賽佛爾瓷器④。由於整套餐具已是黃金製作，過度無意義的裝飾會變得粗俗不堪，他反對使用金製餐具。但是針對

④賽佛爾瓷器來自法國，被譽為歐洲最高級的瓷器，價格昂貴。

此事，曼特十分執拗。他堅持己見，認爲餐具的顏色很好，而瓷器一點也不鮮明。爲了避免爭執，丹太太建議，有幾道菜可以使用賽佛爾瓷器盛裝。

佩提爲房間所設計的光線特別巧妙。爲了搭配牆面和曼特在他的煽動下所買的四幅莫內畫作，他在天花板上設計一道玻璃隔屏，採用白、黃、綠的漸層色彩。這道屏幕可以遮蔽白天的日光，並且在夜晚時，大大地柔和刺眼的燈光，光線穿過屏幕，便會顯得更爲和諧。它亦爲圖畫達到一種靜謐的效果，使得走來走去、四處觀賞的男男女女，爲之深吸一口氣。總之，光線的成效顯然相當不錯。

這樣的環境氣氛感染了在場所有人，晚宴極爲成功。遠遠的一角，傳來了柔情的匈牙利樂曲，那天晚上，小樂隊所演奏的〈愛人圓舞曲〉和〈藍色圓舞曲〉，傳達了前所未有的神韻。不過，飯廳裡的喧鬧聲不停地蓋過音樂所蘊含的情調。正當曼特周旋在宴會上最重要的兩位貴婦之間而感到枯燥乏味時，他不禁暗自思索，音樂具有何種看不見的東西，能幫助派對的進行。他產生一種想法，若是少了音樂，因爲不需要再克服吵雜的環境及各種困難，談話的熱情便會消失。宴會的確進行得很順利，丹太太時不時巡視著自己的成果，臉上掛著滿意的笑容。餐桌那一頭，她可以聽見卓上校傳來的聲音，「布魯特顯然不喜歡長期圍城的作戰方式，而是計畫對我們展開猛烈襲擊呢。」

丹太太轉向地鐵，他坐在她的右邊，剛剛加入這場晚宴，「你這位朋友到底是何許人也？」她問，「我從沒看過這樣複雜又簡約的設計概念。這個新玩意對他來說毫無吸引力。他只是想將它打破，看看裡面是什麼。等他發現那其實只是無用的木屑後，可就不好玩了。」

「噢！別擔心他，」地鐵輕鬆地說，「曼特至少還具有運動家精神。不管發生什麼，他都不會抱怨。他會接受失敗、承擔後果的。」

那天晚上接近尾聲之際，曼特總算有了與芭芭拉相處的時刻，做爲整晚的犒賞。他站在她面前，像個戰士抵禦入侵者一般地挺直雙肩，而她則對他露出那使人意亂情迷的笑靨。但是，兩人的相處僅維持一下，飯廳便傳來玻璃碎裂的聲響，緊接著是恐慌的嘈雜聲。賓客一開始還試圖維持禮貌，對於噪音不予理會，可是吵鬧聲實在太嚇人了，繼續保持禮貌就太可笑了。晚宴的東道主笑著走進了廳堂。原來是天花板的美麗隔屏掉了下來，上千片的碎玻璃散落一地，餐桌上到處都是壓爛的蘭花和灑出的蠟燭油，十分令人作嘔。正當布魯特從一側進入房間時，嚇壞了的僕人也從另一側跑了進來。他們全都驚慌失措，呆立在現場。原本，大家都因爲驚嚇而靜止不語，接著，驚恐的尖叫聲開始此起彼落地傳出。至於曼特・布魯特，最先的懊惱卻被喜悅所取代。

「感謝老天！」他壓低聲音，輕輕地說。

但在看見了賓客臉上的驚訝神情後，他猛地停止這種邪惡的想法。

「幸好不是在用餐時發生的。」他誠心地感謝上天。他之所以對於這場意外無動於衷，是因爲他又可以在這場無趣的金錢競賽中先馳得點。

第七章 機智的教訓

布魯特先生的管家驚訝又生氣。在他的管家生涯中，他是第一次這麼強硬，證實了他眞的十分關心主人的福祉。他那時候其實很想就這麼擔起一切責任，但這種做法，僕人們一定會難以接受的。最後他沒有這麼做，因爲經過會晤後，他下定決心再也不要做超過自己本分的事。見過布魯特先生後，他相信，這次事件是最後一次踰矩的行爲。這件事情是這樣的：晚宴隔天，洛力前來會晤布魯特先生，從他的態度他可以判斷出，他有重要的事前來稟告。布魯特坐在辦公桌前，正陷入思慮當中。洛力咳了一聲，表明自己的到來，嚇得布魯特大叫一聲，那叫聲是如此尖銳而可怕，其他事情好像都顯得不再重要。正當曼特腦中在努力運算出一個非常難解的數字時，管家的咳嗽使得所有計算又亂成一團。

目。

「什麼事？」他惱火地問。洛力的出現，打斷他計算一筆七、八百元的帳

「先生，我前來向您報告，僕人間一件不幸的情況。」洛力說道，同時感到越來越重的責任緊緊壓迫著他。他進房間時才剛放鬆一下心情而已。

「有什麼麻煩嗎？」

「麻煩已經解決了，先生。」

「那幹嘛拿它來煩我？」

「我覺得要讓您知道比較好，先生。僕人們今天原本打算向您提出提高薪隨⑤的要求。」

「你說他們原本打算這麼做，爲何他們沒這麼做呢？」曼特的眼睛閃過一道光芒，他想到了一個新的契機。

「先生，我說服他們，告訴他們目前的薪隨已經很不錯了，他們應該要滿足才是。他們如果想找更好的工作、一樣高的薪隨，可有得找了。他們一星期沒見過你，現在竟然罷工要求更高的薪資。眞是受不了這些美國僕人。」

⑤洛力是來自英國的僕人，說話帶有英國腔。

「洛力，提高薪資沒問題啊！」曼特叫道，管家聽了，下巴都快掉下來，一張臉紅通通的。

「先生，您說什麼？」他倒吸一口氣，語氣尊敬，但帶有一絲委屈。

「洛力，我希望你之後不要再干涉這類事情。每個美國人都有權利甚至義務，在他們想要更高薪資時，以罷工的方式要求更高薪資。而且，我希望他們能深深感受到，我會誠心接受他們的要求。麻煩你回去後告訴他們，工作一段合理的期間後，他們的薪隨，不，我是說薪水，就會提高。還有，請不要再多管閒事了，洛力。」

那天稍晚，布魯特拜訪了丹太太，討論下一場晚宴的計畫。他領悟到，沒有別的方法比投身社交圈，更能揮霍他的財富、展現金錢的價值。這個方法很好達成，到最後也只會從中衍生一項資產，那就是厭惡感。

「眞高興見到你啊，曼特。」丹太太容光煥發地匆匆上前迎接，「快上樓來，我請你喝杯茶、抽根菸。我可是不會客的喲！」

「丹太太，你人可眞好哪。」他們走上樓梯，曼特說，「沒有你的幫忙，我眞不知該怎麼辦。」他覺得她眞是漂亮。

「不論如何，你一定會更有錢的。」她在樓梯上方對著他笑，「曼特，那天半夜，我禁不住爲那片玻璃隔屏流下淚來，眞的很遺憾。」她說，並在沙發上找到一處舒適的位置坐下。布魯特坐在她面前一張寬敞舒服的椅子上，遞給她一根香菸，接著漫不經心地答道：

「那沒什麼。當然，賓客都還在時，發生這種事確實令人不悅。」接著他嚴正地說：「偷偷告訴你，你可別跟別人說了。我本來就計畫在大家拉開椅子起身時，讓它掉下來的，只是錯誤的掉落時間點打亂了我原先的計畫。這種自己發生的高潮事件，困擾人的地方就在這裡；它們通常發生得比預期晚。你知道，就像巴比倫衰亡所帶來的效應一樣。」

「效果絕佳，但是卻像巴比倫一樣，在錯誤的時間落下。」

他們開懷地閒聊了十五分鐘，聊著城裡的人們，對那些遭受誹謗的人表達支持，並責罵那些誹謗他人者。接下來的十五分鐘，他們忙著列出晚宴賓客名單。她時而皺起、時而挑起她那金色的貴婦眉毛，建議曼特應該邀請哪些賓客。他將小寫字桌移到沙發上，一一寫下賓客姓名，而丹太太則在一旁熱切地看著，有時她改變主意，他就在名字上劃線刪掉。丹太太在列名單時，相當地大刀闊斧。晚宴不是她舉辦的，她可以做出任何自己滿意的處置，因爲她很快就看出來，曼特並不在意她所做的安排。他不在乎賓客有哪些或者他們怎麼來，他只希望確保他們的出席。他唯一犯的錯，就是害羞地建議芭芭拉也該受到邀請。他雖注意到丹太太俯首靠近賓客名單，但他對這個舉動並不以爲意。他沒有發現她瞇起雙眼，也沒感覺到她稍稍屛住呼吸。

「你這樣做，不會有點明顯嗎？」她盡可能語帶輕鬆地說。

「你是說，人們會說閒話？」

「她說不定會覺得自己的存在引人側目。」

「你覺得會這樣嗎？你也知道，我們是這麼好的朋友。」

「當然，如果你想邀請她，沒什麼不可以。」她緩慢而含糊地說，「寫下她的名字吧。不過，你顯然沒注意到那個。」丹太太指著桌上的一份《小號》。

他將賓客名單遞給她，然後她說道，「那個筆名『審查員』的作家越來越喜歡開你玩笑了。」

「我終於能在社交圈出名了，那個白癡竟然開始寫我的八卦。看看這一段，」丹太太剛剛指出一個相當令人不快的段落給他看，「如果布魯特『捉』到方塊同花順，你們認爲他會拿到一張皇后Q嗎？就算他拿到了，你們覺得他又能撐多久？又或是，如果她『捉』到布魯特牌，她會願意玩蒙特牌嗎？」⑥

隔天早上，這位署名「審查員」的作家被狠狠痛罵了一頓，報紙上則出現了一位署名「曼特．布魯特」的人，大肆讚揚了布魯特一番。

⑥這裡藏有許多與紙牌遊戲相關的雙關語：「捉」牌或者抽牌，原文使用的動詞是Drew，和芭芭拉．卓（Barbara Drew）的姓氏是同一個字；而皇后Q牌（queen）指的則是布魯特想要追求的皇后芭芭拉；最後，有一種紙牌賭博，名稱就叫做Monte，也就是曼特（Monty）名字的諧音。審查員所寫的這段文字，是要嘲笑曼特追不到芭芭拉，就算追到手了，也很快就會失去她。

第八章　時機

在上面所說的事件發生不久後，某天早晨，布魯特躺在床上，瞪著天花板，陷入沉思當中。他的眉頭因憂慮的情緒而皺起，被凌亂的髮絲半遮掩著，睜大的雙眼徹夜未闔。他前一晚在卓家吃過晚餐，突然有所覺悟。他想不起來有什麼特別的證據，可以證實他心裡想的那件事情。昨晚，上校和卓太太比往常還要親切，而芭芭拉更是比以往迷人。可是，有件事不太對勁，讓他整晚都睡不好。

「都要怪那個小英國佬強尼，」他說，「當然，芭芭拉有權利坐在任何她喜歡的人旁邊，但是爲何要選那個愚蠢的白痴啊？眞是令我不解。啊！要是我坐在她的另一邊，我保證他的氣質馬上不復存在。」

他的思緒飛快轉動，這是他第一次感到妒意所帶來的痛苦。他特別不喜歡博尚公爵，雖然這可憐的傢伙在晚餐上根本沒說幾句話。但是曼特可不會輕易妥協。他當然知道芭芭拉有許多的追求者，但是他從未想過，她有可能認眞考慮接受他們之中的一個。儘管他和「審查員」的衝突，帶來一些令她不悅的閒言閒語，但她最後還是原諒了他。然而，原先不大的妒意，卻在莫名的原因激起她對騎士精神的賞識後，滿溢而出。多年來，「審查員」的行徑都沒有受到懲罰，他的毒舌針對每一個獲得社交名聲的人。他的文字尖酸刻薄到人們都怕他，許多住在溫室般安逸環境的人，都很害怕他那如除草劑般的毀滅性文字。布魯特及時的行動，止住了他惡劣的抨擊，使得他成了大家眼中的英雄。經過那晚，「審查員」的筆尖變得一點也不利了。曼特起初的疑慮與擔心一掃而空，因爲卓上校在隔天早上對他發出喝采，祝賀他成功懲罰「審查員」，並告訴他，芭芭拉和卓太太都很贊同他的做法，雖然表面上還是會唸他兩句。

而這天早上曼特躺在床上，陷入了痛苦的思緒中。他剛剛遭遇一次非常尷尬的狀況，他認眞地和自己對話，「我從未告訴過她，」他對自己說，「但是她如果不知道我的感受，她就不像我所想的那麼聰明。況且，我現在沒有時間向她求愛。如果是別的女孩，我就會獻上殷勤，但是小芭一定明白我的心才對。還有那該死的公爵！」

如果想要好好追求她，他就得被迫放下花錢的任務，因爲這件任務會榨乾他所有的精神力氣。在他經過前一晚的計算後，他清楚地發現自己在一開始，就處在一種驚人的困窘之中。過去四天以來，他沒有理睬金錢事務，並且縱容自己的情感，結果付出了很大的代價。用他的說法，他因此「損失」了將近八千元，以平均來看，這次損失非常慘重。

「想想看，」他繼續說，「每一個爲芭芭拉犧牲的日子，我都得賠上兩千五百元。長久下來，我將負債累累、難以翻身。我落後太多了，就算來場大破壞也沒辦法追平。她不能對我抱有這種期待，但是女生就是這種看重犧牲奉獻的白癡，而且她當然也不曉得，我現在正面臨一項沉重的任務。還有，如果我退出競爭，其他的追求者會做些什麼？我總不能跑過去跟她說：『拜託，可以給我一年的假嗎？我明年九月再回來。』另一方面，如果她眞的期望我一起競爭，我肯定要拋下我的任務。失去了她，贏得七百萬元會有什麼樂趣？我不能冒險。當然，那位公爵明年九月不可能會有七百萬元，但是他肯定會在那個月的二十一或二十二日，提出反對我回鍋的有利理由。」

接著，他想到一個很棒的點子。他請送信的男孩來，性急的程度讓洛力嚇壞了。曼特寫了以下的電報：

致蒙大拿州比尤特縣的史威瑞根・瓊斯

如果有對象的話，我能否結婚後將所有的財產轉到我妻子的名下？

曼特・布魯特

「這很合理不是嗎？」男孩走了之後，他對自己說，「將財產轉到妻子名下，既不是借貸、也不是捐獻。老瓊斯或許會說這是不必要的浪費，畢竟他是個光棍，但這是合乎情理的做法，因爲這是筆很好的交易。」曼特充滿希望。

每次遇到麻煩或困擾，他都習慣去找瑪格莉特，因爲她總能給他建議和安慰。她會參加下次的晚宴，因此要帶到他所遭遇的問題很容易，只要提到其他賓客就可以了。

「還有芭芭拉・卓。」其他的賓客都提過一輪後，他提及芭芭拉。他們獨自在書房裡，當布魯特說著晚宴的細節時，瑪格莉特專注地聆聽。

「她不是有參加過你的一場晚宴嗎？」她很快地問道。

他成功地裝出微微的害臊感。

「是啊。」

「那她肯定十分迷人。」珮琪擁有一副毫無惡意的好心腸。

「她很迷人。事實上，珮琪，她是我見過最棒的女人之一。」他這麼說，準備進入正題。

「可惜她似乎對那個小公爵很有興趣。」

「他根本是個暴發戶。」他爭辯道。

「這個嘛，何必在意呢，反正你又不必嫁給他。」珮琪笑著說。

「可是我眞的很在意，珮琪，」曼特嚴肅地說，「我受到很大的打擊，需要你的幫助。說到這種事，妹妹總是會提供最好的建議。」

她呆滯地看著他的雙眼，不太明白他所說的意思。

「你，曼特？」她不可置信地說。

「我把事情搞砸了，珮琪。」他回答，雙眼盯著地板。她無法理解那突然充斥整個房間的冰冷陰鬱語氣。不知爲何，她突然有一種奇怪的寂寞感。她的喉頭卡了某種東西，無法驅離；無形的重量壓迫著她，甩也甩不掉。他看見她眼中帶有一絲不尋常，以及她扭曲、不確定的笑容，但他認爲那不過是驚訝和懷疑。不知怎地，這些年來他在她眼前變了好多，她面前的他，已是全新的他。他不再是她所認識的曼特哥哥，但她不知道這個改變發生的原因和時間是什麼。這一切代表什麼呢？「曼特，如果你因此而快樂，我也很替你開心。」她緩緩地說，原本無血色的嘴唇又再次紅潤起來。「她知道嗎？」

「珮琪，我還沒告訴她，但是我打算今晚跟她說。」他缺乏自信地說。

「今晚？」

「我等不及了，」曼特起身準備要走，「珮琪，我很高興你替我開心，我需要你的祝福。對了，珮琪，」他繼續說，語氣帶有小男孩的渴求，「你覺得我有機會嗎？我在時間這方面，輸給那個英國佬很多。」

對她來說，要說出這句話眞的很難：「曼特，你是世界上最棒的人。去贏得她的心吧！」

她從窗邊，看著他輕快地走上街道，好奇他是否會回頭向她揮揮手，就像這幾年的習慣一樣。但那寬闊的背影是如此的筆直而堅定。他大步走著，很快就消失在視線之內，隱沒在人群之中。過了好幾分鐘，她才別過臉來，心中十分難受。回過神來，房間突然變得好灰暗，不知怎的，一切都困難了起來。

曼特回到家中，發現瓊斯先生傳了電報過來：

致紐約的曼特・布魯特

專心完成任務就對了，大笨蛋。

瓊斯

第九章　愛情與拳擊比賽

看過瓊斯的電報後，布魯特咒罵了一句，不過最好別在這裡寫出他罵了什麼。總之，他罵了之後，覺得舒暢許多。他開始翻閱今晚在舊金山舉辦的拳擊大賽相關報導，那些有關「上鉤拳」和「右鉤拳」的描述，使他相當入迷，他還意外發現，這場比賽具有一面倒的形勢。當地一位業餘選手對上一位冠軍選手。看見這個大好機會，布魯特自我哄騙，認爲史威瑞根·瓊斯絕對不會反對這種展現運動家精神的比賽，於是便叫哈里森押了幾個注。他暗示他，他有冠軍會輸的根據，因此，哈里森趕緊押了三千元在業餘選手身上。布魯特十分確定比賽的結果，因此接到哈里森的回報後，便在帳本的盈利欄位上，寫上了賭金數目。

辦完此事後，他打給卓小姐。那天下午，她不可能對於這通來電的重要性毫無察覺。近來，她發覺他有種不自在感，伴隨著陰鬱和偶爾的易怒。每個專心研究男人的女孩，都會察覺這些症狀，並且知道如何治好它。芭芭拉處理過許多這種爲愛苦惱的男子，她早已預期布魯特會急切地想要見她，而經驗老道的她，對於淡化內心的興奮十分拿手。芭芭拉接到電話很高興，然而，由於她對曼特．布魯特具有一定的在乎，所以對於他心中的想法，她其實不太確定而有些焦慮。的確，她比她一開始承認的，還要在意得多。

快五點半時，他來到她家，而這一次，冷靜的卓小姐有些不悅。對於他前來拜訪的目的，她是如此確定，以致於他的姍姍來遲令她有點生氣。他爲自己的遲到向她道歉，成功消除了她的慍怒。他自然不可能將所有的祕密都告訴她，那也就是爲何他沒有跟她說，他晚到的原因是因爲格蘭特與銳普利律師事務所找他，要向他報告一封史威瑞根．瓊斯傳來的電報。在電報裡，瓊斯先生簡潔明瞭地說，他不用花到六千元，就能餵飽整個蒙大拿州的居民。除此之外什麼也沒說。布瞀特惶惶不安地趕赴事務所，對著微笑的兩位律師破口大叫。

「我的老天爺！」他叫道，「那個吝嗇的鄉巴佬難道是要我把一百萬元花在看報紙、抽菸和照顧我的波士頓梗犬上嗎？我還以爲他很理智！」

「他肯定是看見報紙上關於晚宴的報導了，這封電報只是他的評語。」銳普利先生說。

「他不是在警告我，就是拐個彎在稱讚我。」布魯特低聲罵道。

「布魯特先生，我認爲他並非反對你這麼做。這位老先生在西部可是眾所皆知的風趣幽默。」

「風趣幽默？那麼他一定希望我回覆他。格蘭特先生，你們有空白的電報紙嗎？」

兩分鐘後，傳給史威瑞根·瓊斯的電報寫好了，正等著送信的男孩前來。布魯特語氣柔和地告訴格蘭特與銳普利先生，他可是「一點也不在乎後果如何」。電報內容如下：

紐約，十月二十三日。

致蒙大拿州比尤特縣的史威瑞根·瓊斯。

也難怪你不用六千元就做得到，畢竟蒙大拿州是全世界最適合吃草放牧的窮鄉僻壤。但是我們在紐約可不會吃那種東西，所以住在這裡才需要更多花費。

曼特・布魯特

離開公寓，準備前往卓小姐家中時，他收到了從遙遠的蒙大拿州所傳來的電報：

蒙大拿州比尤特縣，十月二十三日。

致紐約的曼特・布魯特

我們這裡海拔兩千五百米，我想這就是為何我們花小錢便能過著「高」貴的生活。

瓊斯

布魯特的盛怒好不容易消去後，才想起來還有更重要的事情——芭芭拉。「曼特，我幾乎要放棄等待了呢。」卓小姐用責罵的語氣說道。

他眼中的光芒使得她的雙頰透出一絲赧紅，方才的惱怒現在變成一份沉靜。決心充斥在這一時的沉默中。曼特環視房間，不曉得該如何開頭。這比他想像中的難多了。

「謝謝你願意見我，」他終於開口，「今天晚上我非得和你談談不可。我再也無法忍受這種懸而未決的感覺了。芭芭拉，為了你，我已經三、四天沒睡好了。如果我坦白直言，說出那些你早已知道的事情，會不會毀了你美好的夜晚？說出來，應該不會帶給你困擾，是嗎？」他語無倫次地說。

「曼特，你說這話是什麼意思呢？」她刻意裝傻，懇切地問，雙眼仍然有著完美的控制力。

「我愛你呀，小芭！」他叫道，「我一直以為你知道的，或許我應該早點告訴你。這就是我睡不好的原因。因為害怕你不在意我，我幾乎快發狂了。不能再繼續下去了，我今天一定要知道答案。」

曼特雙眼中的炙熱光芒，讓她很難維持一副故作漠然的樣子。他近似耳語吐露出的熱烈話語，全然征服了她。對於這位不同以往追求者所會展現的熱情，她早有預料，因此他那直接的告白，使她的武裝完全卸除。在他那熱切又唐突的請求之外，還帶有把握，那是一種無法否定的信心。不是因為他說的內容，而是因爲他說的方式。一波興奮之感掃過她的全身，顫動每一條神經。在這樣的魔力下，她原先決意輕鬆應付他的感情，現在卻變得極度猶疑不定，幾乎就要棄械投降、顏面盡失。她緊緊握著他的雙手，使他開心地繼續乘勝追擊，然而，對方很快便再次控制好自己的情緒，他不知道，他前進的每一步，都是通往負面的結局。芭芭拉．卓雖然也愛著布魯特，但是她打算讓他付出代價，好彌補她一時鬆懈的沉著冷靜。她再次開口時，又變回那個受過良好訓練的卓小姐，而不是一個陷入愛河的少女。

「曼特，我是非常在意你的，」她說，「但是我不知道自己是否在意到願意嫁給你。」

「小芭，我們彼此雖然認識不久，」他溫柔地說，「但是我覺得我們相當了解彼此，所以這個問題是連想都不用想的。」

「好像是你在掌控大局一樣，」她責備道，「難道你不能給我一些時間，讓我說服自己，我能像你愛我那般愛你嗎？而且，如果我能夠與我所嫁的男人快樂生活，我一定會去愛他，就如你愛我那樣的。」

「抱歉，我失態了。」他低聲下氣地說。

「你只是沒考慮到我的感受，」她溫柔地說，被他的悔意所感動。「曼特，我眞的在乎你，只是你難道沒發現，你向我要求的不是件小事？我一定要先確定，很確定了，才能夠……」

「請別這麼難受，」他乞求，「我知道你會愛我的，因爲你現在就愛著我。這對我來說很重要，可是對你更重要。你是女方，你的快樂才是該受到考量的。我希望，當我再次說出同樣的話、問了同樣的問題，你可以放心地將自己交給我，這就是我活下去的理由。」

「曼特，你值得爲此而快樂。」她眞摯地說，看著他的雙眼，她努力不有所動搖。

「你願意給我機會，試著讓你愛上我？」他熱切地問。

「我或許不值得你這樣努力。」

「我願意接受這個機會。」他回答。

他走了之後，她感覺很失望。他沒有像她所期待和希望地那般熱烈求愛，雖然試著不要生氣，她還是無法消除那困擾她一整晚的惱意。

布魯特走到俱樂部，對於自己至少展開了行動，而感到洋洋得意。他的地位現在已經很清楚了。就算失去財富，他也肯定會在公開競爭的情況下，贏得芭芭拉。

那晚離開她家後，他去見哈里森，哈里森的心情好極了。

「你從哪裡獲得情報的？」他問。

「情報？什麼情報？」布魯特問。

「拳擊比賽啊！」

布魯特臉垮了下來，一股寒意升了起來。

「比賽結果如何？」他問，已然確定答案。

「你還沒聽說嗎？你賭的那個傢伙在第五回合揍扁了對手，大家都很驚訝。」

第十章 財務方面的拿破崙

接下來的兩個月，布魯特十分忙碌。卓小姐在那天晚上以後，更常與他碰面了，但是他對她而言就像謎一般。

「他的態度不知怎地變了。」她暗自想，有句話，「經過熱烈追求而贏得女生的男生，就好像追著電車跑的人，追到後，就開始坐著看報紙了。」

的確，才沒幾天，曼特似乎就把其他的競爭者拋諸腦後，安然在自己穩固的地位上歇著了。他每天都送花給她，覺得自己做的比該做的還多。雖然買這些花耗了不少錢，但在追求芭芭拉的情況下，他幾乎忘了手邊的任務。

曼特的態度之所以轉變，並不是因爲他對她的愛減少了，而是因爲他正忙著處理這毫不浪漫的任務。他似乎再也想不到新的方法，可以一天賺上一萬六千元了。雖然他在這個金錢競賽中仍遙遙領先，但賺錢的機會很快就會短缺。十場大型晚宴及一連串精心準備的後續晚餐將平均支出維持得很好，但仍不夠多。他覺得已經到得採取極端手段的時候了。他不可能一直靠著舉辦晚宴來花錢。人們議論紛紛，認爲他一定是想登上社會名人錄；他可不想因此被人當成笑柄。女人對於他的經商能力做出輕蔑、諷刺的評論，男人也跟著這麼批評，這些都傷到了他。卓小姐無心的嘲諷和丹太太公然的批評很明顯地傳達了這些風言風語，但是傷他最深的，其實是珮琪善意的疑問。她的語氣帶著眞心的擔憂，讓他了解到，他的奢侈行徑一直困擾著她和葛瑞太太。比起他人的眼光，看著她們的雙眼更讓他感到羞愧和恥辱。終於，在他聽見某位銀行經理所說的話後（「老彼得・布魯特若是知道他在幹些什麼，肯定會氣得從墳墓裡爬出來！」）曼特決心要扭轉那些批評者的看法。他要證明，他的腦子裡裝的並非全是輕浮之事。

有了這個打算後，他決定在華爾街進行小額投資。他花了數天偷偷觀察股市變化，並不停向朋友請教有關幣値的問題。在大量的閱讀和觀察後，他終於發現，「製材與燃料」是他可以放心投資的股票。排除一切擔憂，尤其是史威瑞根・瓊斯的看法，他準備在證券交易所進行股票投機活動，這也將會是他在明年九月二十三日之前，唯一一次所進行的投資。他就像一位將軍那樣老奸巨猾，擬定攻擊計畫。當布魯特叫嘉德能大量購買「製材與燃料」的股票時，後者一臉絕望。

「我的老天，曼特，」他叫道，「你在開玩笑！製材現在根本漲不起來，連漲一丁點也不可能。接受我的建議，別投資它。今天開盤時，它的行情是一百一十一又四分之三點，但收盤時，只剩一百零九點。爲何要投資它呢，老兄？考慮它根本瘋了。」

「嘉德能，我知道我在做什麼。」布魯特平靜地說。看著好友的臉上湧現受到屈辱的表情，他的良心折磨著他。這番話深深傷害了嘉德能。

「可是，曼特，我也知道我在說什麼。至少讓我告訴你有關這支股票的事吧。」即便被他的話刺傷了，嘉德能仍一片忠心地哀求他。

「小嘉，我很謹慎。如果有人對某件事情十分確定才會去做，那麼我現在就是那個人。」曼特堅決但溫柔地說。

「聽我的話吧！製材不可能漲的。你想想這個狀況：北方和西方的製材商已經面臨庫存過剩；而且還有一次罷工準備展開。等罷工發生，股票只能賤價出售了。價格隨時都會開始下跌。」

「我的心意已決。」他堅決地說，嘉德能絕望極了。「你明天開盤時，究竟要不要幫我投資？我要先買一萬股⑦，如果跌了十點的話會花我多少錢？」

「不算每一百元抽十二點五元的佣金費用的話，至少要十萬元。」儘管嘉德能費勁心力反對他這麼做，布魯特仍舊堅持原計畫，於是，身爲股票經紀人的嘉德能只好在隔天早上投資。他知道布魯特只有一個機會贏錢，那就是一次收購大量股票，而不要分散給多位經紀人或者進行多次投資。而這正是曼特忽略的地方。

證券交易所幾個禮拜以來風平浪靜，沒什麼刺激的，因此就連最小的騷動都算是大事。大家都知道這樣的平靜不久就會被打破，但是沒人看好「製材與燃料」。對於股票下跌的說法早已過去，股市幾乎沒什麼交易了。當伊榮．嘉德能替曼特．布魯特買了十萬股一百零八又四分之三點的股票時，交易所的人們倒吸一大口氣，接著不可置信地揉著眼睛，然後騷動起來。緊張變成吃驚，吃驚又變成爭執。

布魯特有信心這支股票不會上漲，而且遲早會下跌。他冷靜地在覆滿雪的公園騎著馬。雖然他知道這項投機活動，是很平常的失敗，他卻十分開心，知

⑦與台股以一張（一千股）為單位不同，美股以一股為購買單位。

道自己有所進展。他或許很傻，但是他至少有在做事。空氣中瀰漫著一種愉悅的感覺。閃閃發光的雪、馬兒的興奮，以及四周生命所帶來的快活和蓬勃生氣，都令他興高采烈。

他的內心深處，傳來歡呼和鼓掌的聲音。中午之前，他來到俱樂部，要和卓上校午餐。在閱覽室，他發覺人們看他的樣子，比平常還要拘謹。有些人遠遠地對他露出激勵的笑容，其他人則熱情地向他揮手。大約有三、四個年輕的會員，用一種既仰慕又羨慕的表情看著他。就連警衛也變得阿諛奉承。這些尊敬的表現，帶來一種奇怪的壓迫感。

卓上校一看見布魯特，比平時的莊重鬆懈許多。他走上前來，以一種幾乎讓曼特招架不住的熱情迎接他。

「好孩子，你是怎麼辦到的？」上校叫道，「我想它現在應該已經回跌了一、兩點，但半小時前，它不斷往上漲！天啊，我從來沒聽過這麼驚人的事！」

曼特衝到股票行情指示器前，心臟就要跳出來了。過沒多久，他就了解到這場災難的嚴重程度。嘉德能買下時，是一百零八又四分之三點，但是這個投資的舉動，似乎讓這支股票起死回生。因爲缺少支持而位於崩盤邊緣之時，來了一筆十萬股的大投資。導致在今早某個時間點，許多興奮的股東紛紛進行交易，使得「製材與燃料」突破了一百一十三又二分之一點，而且這個數字還維持了很久。

其他人走過來，熱切地聽著。布魯特了解到，他所砸進「製材與燃料」的錢，在這些人的觀點看來，是機智的神來之筆，但對他而言卻是天大的災難。

「希望你能在它最高點的時候賣掉。」上校緊張地說。

「我指示嘉德能，只有在我下達命令時才能賣出。」他無力地說。一些人驚訝又厭惡地看著他。

「這個嘛，如果我是你，我就會叫他賣了。」上校冷冷地說。

「布魯特，投資效應已經開始漸漸退卻了，另一邊很快就會拉低價格。他們不會再疏忽了。」其中一位旁觀者關切地說。

「你這麼覺得嗎？」曼特的聲音聽起來鬆了一口氣。

四周都傳來立刻賣出的建議，但是布魯特不為所動。他冷靜地點了一根菸，以一種很有把握又充滿智慧的語氣，告訴他們再等一等。

「它已經在下跌了！」有人看著股票行情指示器說。

布魯特困惑的雙眼快速掃過數字，股票開出了一百一十二點。他鬆了口氣，但人們卻誤以為他在嘆氣。畢竟，他或許還有救。股票開始下跌，似乎也沒有理由停止。因為他不打算再投資，所以可以合理地認定，這支股票就快要崩盤了。崩盤註定會發生。他幾乎忍不住內心的歡呼。他站在股票行情指示器前，機器又開始顯示進一步的下跌。隨著價格下滑，他的希望便跟著升起。

旁觀者開始厭煩起來。「果然純屬僥倖。」他們說。人們拜託卓上校，趕緊勸曼特救救自己，而正當他準備開口勸告時，消息傳來，威脅股票的罷工已經解除，工人們願意進行調停。大家還沒喘過氣來，這個驚人的消息就已經發揮作用。大罷工的確定性是其中一個讓布魯特確信價格將持續下跌的因素，但是現在這個危險解除了，就沒有任何事物可以危及這支股票增加的力量了。下一次所顯示的行情，又漲了一點。

「你這狡猾的傢伙，」上校一邊說，一邊用手肘輕撞曼特。「我一直對你有信心。」

十分鐘內，「製材與燃料」已升到一百一十三點，還在持續上漲。布魯特非常恐慌，趕緊衝到電話前，打給嘉德能。

這位興奮的股票經紀人一認出布魯特的聲音，便開心地用嘶啞的嗓音說：「曼特，你真是奇蹟！收盤後我會去找你。你究竟是怎麼辦到的？」嘉德能大喊。

「現在價格如何？」布魯特問。

「一百一十三又四分之三，還不停在漲，萬歲！」

「你覺得有可能再下跌嗎？」布魯特質問。

「不可能。」

「非常好，快去賣了！」布魯特吼道。

「可是它還一直……」

「該死，賣掉！沒聽見嗎？」

茫然無措的嘉德能開始賣出，最終將持有股票以一百一十四到一百一十二又二分之一點之間的價格全數賣出，但曼特．布魯特仍淨賺了五萬八千五百五十元，一切都是因爲他在股價低迷之時採取行動的緣故。

—第十一章— 以德報怨

他的朋友與敵人改變了對他的看法，並不是因爲他的投資獲得暴利。就最近交易所的買賣看來，他的獲利一直都不多。是他所展現的高瞻遠矚，足以扭轉眾人輿論。人們帶著一種新的眼光看他，那是一種嶄新的信心。他在股市悲慘的投資，使他贏得社交圈的喜好。

布魯特不確定地搖擺在兩種情緒之間：得意和悲慘；他同時獲得兩種成功：一種是他想要的，一種是他不想要的。自然，他一方面對於投資所帶給他的榮譽十分自傲，但同時又對五萬元的獲利感到絕望至極。因此，他必須採取近乎超人的手段，以增加一月份的帳單數目。關於明年春夏的計畫已漸漸成形，其中包含許多令人瞠目結舌的規劃。自從透露一些計畫給諾波·哈里森後，這位好友眼中的擔憂和焦慮便從未消失過。

證券交易所的災難過了一、兩天後，洛力又增添了他的絕望。他通知他，有六隻可愛的狗寶寶誕生在他所養的波士頓梗家族，而在場的喬伊・布拉格登聽到後，開心地計畫他能以一隻一百元的價錢賣了牠們。布魯特雖然很愛狗，但卻有那麼一瞬間，想要殺了這些無辜的小生命。不過以往的愛憐還是回來了，他和布拉格登趕忙跑去看看那窩幼犬。

「不是要我賣了牠們，就是要我殺了牠們。」他低聲說。後來，他吩咐布拉格登，以一隻二十五元的價格賣了小狗，然後轉頭走開，羞於看著驕傲的狗媽媽。

然而，那天結束之際，幸運降臨了。儘管天氣和路況都很糟糕，他仍帶著地鐵・史密斯，開著他的「綠坦克」兜風。曼特失控掉進地鐵施工的大洞裡。史密斯和他跳到人行道上，只受到輕微擦傷，但是那輛巨大的車子衝破路障，掉進了深深的溝底。讓史密斯非常難過而布魯特十分高興的是，整輛車全毀，損失了好幾千元。曼特的喜悅維持得不久，因為他很快就得知，有三個不幸的工人就在底下，被上方掉下來的綠色巨物給砸中，受到重傷。雖然布魯特得以慷慨支付所有的醫藥費，慰藉這些可憐的傷患，但他卻開心不起來。他的不小心，甚至有可能是他的不在意，造成這些工人及其家屬的痛苦，讓他不忍卒睹。和解免除了官司，每一位傷患都獲得四千元的賠償金。

這個時候，大家都在談論華爾道夫酒店所舉辦的義賣市場。社交圈的名流都跑來參展，大眾必須付費，才能一睹那些名字出現在社交新聞專欄中的上流男女。布魯特時常進出卓小姐的攤位，好似有著永無止盡的慈善心胸。義賣持續了兩天兩夜，他的帳本在義賣後獲得了將近三千元的「盈利」。然而，曼特平靜的生活，卻因一名新出現的強勁對手給搗亂了，對方也來追求美麗的芭芭拉。這名加州人擁有鉅富和自負，他事先致信給許多紐約的名人，因而拿到了紐約社交圈的入場券。過去五十年來在情場和商場上的勝利，使得他與生俱有的膽怯（如果有的話）完全消失殆盡。他在商界是如此的成功，使得他有著四、五百萬的身價，而他又是如此風流，以致於他曾當過兩次鰥夫。羅德尼·葛蘭斯曾在礦地追到女廚師瑪麗·法蘿，後又娶了前去加州教書的珍·布什蘿依——這名學校教師打算嫁給第一位向她求婚的男人。現在，他以同樣的衝勁，開始對芭芭拉展開猛烈追求。他在迎娶瑪麗時，不過是個身無分文的採礦者；但當他與珍步入結婚禮堂時，她十分開心自己嫁了個身價至少五萬元的丈夫。

為了和布魯特競爭，他也時常光顧芭芭拉的攤位，並以勢如破竹之姿與之較勁。曼特被晾在一旁，而芭芭拉就像一座金礦般被他佔據，葛蘭斯來紐約不過十天，就成了城裡的話題人物。然而，布魯特可不是那種沒努力過就被宣告出局的人。他將葛蘭斯視作阻礙，而不是敵人，並憑藉著強者的熱血情操，再次披上甲冑，以捍衛而非征服的姿態，將芭芭拉包圍住。他將這位加州男子視爲騙子，打算採取果決的行動。「我十分了解他，小芭，」他感到自己的地位堅固，在某一天這麼跟她說，「他的父親在一九四九年接受V.C.的表揚。」

「維多利亞十字勳章（Victoria Cross⑧）？」芭芭拉天眞地問。

「不，是保安委員會（vigilance committee⑨）。」

就這樣，在下週末前，曼特就擊潰了敵人、穩固了地盤。葛蘭斯一改那令人厭惡的多情、連問也沒問芭芭拉是否願意當他的第三任妻子。布魯特太過專注在這件事上、全然忘了其他該做的事，大大落後他的平均花費計畫。解決了葛蘭斯後，他又再度拋下愛的戰場，專心一志煩惱他的怪異任務。

---

⑧英國國王或女王所頒發的最高軍事勳章，由維多利亞女王於一八五六年首次頒發。

⑨保安委員會由民間自組，最初成立的目的，是要維持地方治安，以彌補政府的不足。但是，由於法律無法控管之，保安委員會時常濫用權力，甚至濫殺無辜。

布魯特反覆無常的戲弄，讓芭芭拉小姐非常生氣。她原先十分驚訝，接著開始生氣，然後變得氣憤難消。曼特漸漸發覺她越來越難對付，針對這個苦惱的事實，他立刻採取行動，要使狂怒的大海平靜下來。令他訝異又不安的是，他完全無法平息她的怒氣。

「曼特，你有沒有察覺，」她說，語氣流露一股冷冷的寒氣，比火氣還可怕，「你一直以來都很專橫地對待我？你到底有何權利干涉我的權益？你好像以為，除了你，我不會去和別的男人說話。」

「噢！拜託，小芭。」曼特駁斥道，「我才不像你說的那樣無理。你自己也很清楚，葛蘭斯是個糟糕的暴發戶。」

「我根本不覺得，」她回道，越來越不悅，「每一個對我笑、送我花的男人你都這麼說！難道你認為他們的品味都很差嗎？」

「別傻了，芭芭拉。你跟嘉德能和那個白癡瓦倫丁說話，我根本沒吭聲，這你可是很清楚的。但還是有我無法忍受的事，而葛蘭斯的魯莽無禮就是其中一樣。老天！他用那雙可疑的眼睛看著你，就好像你是他的人一樣。你可知道我有多少次想扁他！」

在他的專橫底下，芭芭拉內心的氣勢有些削弱，但她並未表現出來。

「你也似乎沒察覺到，」她說，仍透露著氣憤的冰冷語氣，「我和你是對等的地位。我猜你大概以爲，葛蘭斯先生只要招招手，我就會開心地回應。曼特・布魯特，我現在就要讓你知道，我能夠自己選擇我的朋友，也知道怎麼應付他們。葛蘭斯先生品德高尚，我喜歡他這個人。他一年艱辛工作所看過的世面，比你一輩子奢侈生活所看過的都多，是你作夢也想不到的。曼特・布魯特，他的人生很眞實，而你的人生不過是一連串的模仿。」

這些話重重擊中了他，但他仍保持溫和的態度。

「小芭，」他溫柔地說，「我無法接受你這麼說。你不是眞的這麼想的，對吧？我眞的這麼糟嗎？」

這是掌控局勢的好時機，但是他錯過了。他的溫柔仍使她態度冰冷。

「曼特，」她生氣地吼道，「你眞的非常讓人氣憤！請你好好想一想，世界上該在意的，不只是你自己和你的一百萬！」

他的火氣升了起來，再也顧不了她。

「或許有一天，你會發現你已經沒什麼可挑的了。我不會成爲那種玩弄之後被丟在一旁的人，我絕不會忍受！」

他走出屋了，頭抬得高高的，臉頰氣得通紅，暗自心想，她是世界上最不講理的女人。同時，芭芭拉哭著入睡，發誓只要她還活著，就不會再愛上曼特・布魯特。

離開了芭芭拉的家，一陣強勁的風吹在曼特臉上。他痛苦極了。

「把手舉高！」某處傳來沙啞的嗓音，語氣不懷好意。曼特一時感到震驚又困惑，下一秒，兩個黑影走到他身邊。「給我停下來，小夥子。」對方喝令道，他趕緊停下腳步。他想要回擊，但是因爲看到了左輪手槍，所以沒有動作。曼特不是懦夫，但也不是笨蛋。他很快就明白，試圖掙扎是瘋子的行爲。

「你想做什麼？」他盡可能冷靜地說。

「快舉起手！」他趕緊聽從對方的指令。

「不准發出一點聲音，否則就要你好看！你知道我們想要什麼。比爾，快搜，我來看著他的手。」

「慢慢搜，兩位。我沒蠢到和你們打架，不要打我或開槍就好了。快點搜一搜，不然大衣打這麼開，我很快就會著涼的。今晚生意好嗎？」布魯特眞的是全紐約最冷靜的人了。

「糟透了！」那個負責搜身的人說道。「你是我們這禮拜以來，抓到第一個還不差的人。」

「希望你們不會太失望，」曼特高興地說，「早知如此，我應該帶更多錢的。」

「我想我們會滿意的，」拿著手槍的男人笑道，「先生，你眞是個大好人，或許你可以告訴我們，下次你何時會再經過這裡。」

「老兄，和你做生意眞是愉快，」另一個人說，把曼特價值三百元的手錶放進口袋。「看你這麼老實的份上，我們會留點車錢給你的。」他的雙手就像機器一樣，快速掃過布魯特的口袋。「我猜你大概沒帶什麼珠寶。這些鈕扣是眞的嗎？」

「那些都是珍珠唷！」曼特開心地說。

「是我最喜歡的珠寶，」拿著手槍的人說，「全都剪下來，比爾。」

「別剪到衣服了，」曼特說道，「我正要去吃頓晚餐，可不希望衣服正面被穿了孔。」

「先生，我會盡可能小心點的。好了，應該就這樣了。我需不需要幫你叫計程車？」

「不用了，謝謝。我走路就好。」

「往南邊走一百步，不准張望或大叫，這樣你就會沒事了。我想你懂我的意思，老兄。」

「我保證照做，晚安囉。」

「晚安。」兩位搶匪咯咯笑道。但是布魯特猶豫了一下，他的腦中閃過一個念頭。

「天哪！」他叫道，「你們也太不小心了！你們知不知道你們少搜到大衣口袋裡的三百元大鈔？」他們倒抽一口氣，因爲太過驚訝而結結巴巴罵了幾句髒話。他們顯然不敢相信自己的耳朵。

「你再說一次。」比爾疑惑地喃喃說道。

「他在耍我們，比爾。」另一個人說。

「當然，」比爾低聲說道，「這招還不賴啊，先生。現在就轉身走開，別回頭。」

「你們這對強盜還眞善良啊。」曼特不屑地說。

「噓，別這麼大聲。」

「想跟你們做生意都不行哪？難道要我去找個銀盤來，把錢放在上面奉給兩位？」

「把手舉起來！你的把戲對我沒用，你一定有槍對吧？」

「不，我沒有。我沒有騙你。你們眞的在匆忙之中遺漏了一疊鈔票，我不會去陷害像你們這種老實又努力的人。我手舉高了，你們可以自己來看看我說的是否屬實。」

「他到底在玩什麼把戲？」比爾低聲說道，一臉困惑，「我完全搞不懂你在想什麼。」他老實地展現訝異之情，「你沒喝醉，也沒發瘋，但是你還是不太對勁。你眞的要給我們錢？」

「你們可以輕易找到。」

「老大，我不想這麼做，可是我想我們可以拿走他的大衣。看起來是個把戲，我們不能冒險。大衣脫掉！」

曼特一會兒便脫下大衣，站在兩位目瞪口呆的搶匪前，冷得發抖。

「老兄，我們會把大衣丟在下個轉角。天氣很冷，你比我們需要它。你眞是太夠意思啦，再見。快向前走，不要大叫。」

布魯特幾分鐘後找到了他的大衣，哼著小曲走在夜晚的路上。那疊紙鈔不見了。

第十二章 絕望的聖誕節

布魯特在俱樂部講述搶劫的事件，但他沒有說太多細節。其中一位聽眾，是名致力改善治安的警官。於是，布魯特隔天早上便被傳喚到警署，從被抓到的嫌疑犯之中認出搶匪。他所看見的第一個男人，樣貌粗野，絕不會認錯。他就是比爾。

「嗨，比爾！」曼特開心地說。比爾氣得咬牙切齒，但是他的雙眼所散發的懇求，使得曼特心軟了下來。

「布魯特先生，你認得他？」警長快速問道。比爾看起來非常絕望。

「認得比爾？」曼特驚訝地反問，「我當然認得囉，警長。」

「他昨天深夜被抓到並拘留在此，因爲他不肯承認犯行。」

「比爾，眞的有這麼糟？」布魯特笑著問。比爾咕噥了幾聲，裝出一副反抗的神色。曼特的態度使他相當困惑，他有那麼一瞬間幾乎無法呼吸，接著很明顯地吸了一人口氣。

「放了比爾，警長。昨晚在我被搶之前，他還和我在一起。他不可能在我不知情的情況下拿走我的錢。比爾，在外面等我。我要跟你談談。警長，我很確定搶匪沒有在這些人當中。」比爾遵照指示離開後，布魯特做出這樣的結論。

在門外，這位滿臉疑惑的匪徒與熱情向他握手的布魯特碰面。

「你眞是個好人！」比爾感激地輕聲說道，「先生，爲何你要這麼做？」

「因爲你很好心，沒有剪了我的衣服。」

「你說得對，就是這樣呀！你介不介意和我喝一杯？錢是你的，但是這酒絕對不會是便宜貨。我們已經花了大部分的錢，但是這裡還有剩下一些。」比爾遞給曼特一疊紙鈔。

「如果你要找我打架，我是不會還你的，」他繼續說，「但是現在，如果我還把它留著，可就不行了。」

布魯特拒絕收下錢，但他拿回了錶。

「留著吧，比爾，」他說，「你比我更需要它。這筆錢夠你去經營別的生意了，何不試試看呢？」

「老大，我會嘗試的。」比爾不停地向他道謝，使曼特難以抽身。最後，當他上了一輛計程車時，還可以聽見比爾說，「老大，我會嘗試的。如果有什麼我可以幫上你的，儘管找我，我永遠聽你吩咐！」

他將俱樂部的名稱告訴司機，但是經過華爾道夫酒店時，他突然想起，他有些事要跟丹太太說。幾分鐘後，他便來到了丹太太特別的小書房。她身著一件輕柔典雅的淡紫色衣裳，質感輕盈、形如波浪，看起來十分纖細，讓人很想觀看它變化的光影。曼特看著她，覺得她眞是會打扮。

「我的女士，你今天早上看起來眞是苗條，」他以這番恭維作爲開場白，「近來可好？」

「曼特，你也比平常還要會說話呢，」她笑道，「看來最近這個世界對你挺好的？」

「這個世界對我很好，讓我現在能夠彌補過去做不到的一切。」他看著她，「你知道嗎，丹太太，我有時會發現，有些事情是非常値得去做的。」

「噢，說到這個，」她輕輕地回答，「任何事情都是値得去做的。曼特，對你而言，生活肯定並不乏味。你可以主導，可以讓事情如你所願。曼特，事情現在沒有如你所願嗎？」她變得更加認眞，「怎麼了？是不是這一切發生得太快了？」

聽見她的關心，他的愁緒更加重了。「不是的，」他說，「不是這樣子。你是個好人，我只是個自私的野獸。有時候，世界很反常，但是人們卻固執過了頭。我現在不過是在對著你出氣。你不反常，也不固執。你人很好，丹太太，你一定要想想辦法幫我。」

「曼特，就爲了你的好話連篇，我會盡力幫你的。無論在什麼情況下，我都是你的朋友。你只需給我指示。」

「我來這裡，正是爲了獲得你的幫忙。我受夠那些該死的晚宴了。你也很清楚，它們全都一個樣：一樣的人、一樣的花、一樣的食物、一樣的空虛對話。誰會在乎它們？」

「嗯，非常好，」她打斷他，「在我費盡心思規畫晚宴，精心設計這麼多變化後，你竟然這麼說！親愛的孩子，你實在太不知感恩了。」

「噢！你知道我的意思，你也比我清楚，我所說的都是眞的。那些晚宴是個可怕又無聊的東西，它們不過是一種嘈雜的成功。你的努力沒有白費，只是我現在想要一些不一樣的。我們必須加快腳步完成計畫已久的舞會，遊艇之行不能再拖下去了。」

「先辦舞會，」她下令，「我馬上就會處理好邀請函，再一、兩天，就會準備好你所點頭答應的名單。你目前爲止做了什麼？」

「佩提有一些很棒的想法，要拿來裝飾雪莉的店；哈里森正在和你所提到的匈牙利樂隊的負責人交涉，他發現團員們都已準備好跨洋前來；我們也邀了一支軍樂隊——我忘了是第幾團的——來表演舞會音樂；還有最近巴黎很受歡迎的女低音，她會帶著第一男高音一起來演唱幾曲。」

「曼特，你好適合去當執行總監呢，」丹太太說，「但是安排好音樂和裝潢，才是剛開始而已。小禮物才是重頭戲，只要你點頭，我們就能給他們一點驚喜。曼特，別擔心，已經在處理了。我們會把一切搞定的。」

「丹太太，你可眞是能幹，」他叫道，「在這關鍵時刻幫了我一個大忙。」

「曼特，這沒什麼，」她答道，「聖誕節過後，我會給你瞧瞧從未看過的精美小禮物。其他人或許只會送送紙帽子或粉紅緞帶，但是你可以讓他們開開眼界。」

當他開進第五大道時，馬上開始計畫要用昂貴的禮物轟炸他的朋友們，卻突然想起，不曉得舅舅的遺囑執行人對此舉會有什麼意見。這個可能會發生的新災難，出現在布魯特腦海中，揮之不去。他以前從未將禮物視爲災難，但今年不一樣。但史威瑞根・瓊斯這次回覆的電報，與平時的壞脾氣比較起來，倒是帶有幾分討喜：「任何保有一丁點美好人性的傢伙，都會將贈送聖誕禮物給該送的人，視爲一種義務。」這下，曼特的方向就很清楚了。要是他的朋友打算贈送給他一堆禮物，他也有辦法打平收支。接下來的兩週，他早上都待在蒂芙尼專賣店，下午則來到第四和第五大道的古董店，每每都讓這些商人開懷無比。他花了許多心思，努力購得各種小件禮物，以便巧妙地隱藏它們的價值。他也很有品味。他這般努力的成果便是，許多連卡片都沒想到要寄給曼特的朋友，平安夜都收到了驚喜。

他將送禮這回事處理得相當好，有好幾天，他花了大半時間在閱讀那些寫滿道謝字句的紙條，其中還隱隱約約帶點收禮者的歉意。葛瑞母女和丹太太沒有忘了他，送給他的禮物毫無裝闊之感。「富少幫」有些成員對他相當感激，因爲他們每兩週就可以到曼特家「使用餐券」。卓小姐已忘了他，當他們在聖誕假期過後遇見彼此時，她的表情極爲冷漠。他之前就想過，可以送她一份貴重的禮物，但他買來欲與她和解的美麗珍珠項鍊，卻被退回並附上一張「卓小姐謝謝您的好意」紙條。他是如此眞心愛著芭芭拉，她這麼做使他心如刀割。他將珮琪．葛瑞視爲知己，她的鼓勵撫慰了他。要她建議他再試一次，不是這麼容易，但是只要他快樂，那就夠了。

「珮琪，這眞的太不公平了，」他說，「我對她毫無隱瞞。我想放棄一切、離開紐約。」

「你要離開？」她的聲音有點哽咽。

「我要租一輛遊艇，遠離這裡、航行三、四個月。」珮琪倒抽一口氣。

「你覺得這個主意如何？」他繼續說，注意到她眼中的憂慮和不可置信感。

「曼特．布魯特，我覺得，你最後會淪落到救濟院中。」她笑著說。

第十三章 朋友有難

當布魯特處於絕望深淵時，他的財務狀況突然有了意外收穫。他所儲蓄的銀行中，有一間破產了，超過十萬元的餘額因而消失。破產原因是不當管理，事情就發生在這個月的十三號星期五。不用說，這個事件完全摧毀他原本對星期五和十三這個數字的迷信。

布魯特當時將錢分別存在五個銀行中，便幻想過哪天還有一間銀行會終止運作，使他獲得好處。這間銀行似乎沒有恢復運作的希望，存款人若能夠獲得百分之二十的補償，就算很幸運了。儘管大家都認爲這間銀行很可靠，但是仍有不少人認爲布魯特是個笨蛋，甚至不明就裡地說，他根本不會處理金錢。他聽說，卓小姐對於他的愚蠢，尤其更是刻薄諷刺。

這次事件在銀行業造成巨大的恐慌。關於其他銀行是否安全的這類問題，人們自然開始問起，不久後，許多使人不安的誇大報導也四處流傳著。焦慮的存款人衝進大間銀行，半信半疑地確定了銀行安全無虞後，再匆匆出來。報章雜誌試圖平息人們的不安，但是有很多人仍從不安轉爲恐慌。一些小型銀行出現短暫的混亂擠兌狀況，但是正當民眾對銀行的信心有希望重拾時，卻出現了曼哈頓島銀行出現財務困難的謠言。「鐵路大亨」卓上校便是這家銀行的總裁。

週二，曼哈頓島銀行開門營業，門口出現了一大群驚慌失措的存款人。不到十一點，擠兌的狀況已經呈現相當糟糕的比例，銀行完全招架不住這樣的攻勢。卓上校和各董事起初只是有些擔憂，但眼看事情越演越烈，他們越來越緊張，不敢讓大眾發覺。全部銀行借出的貸款，金額大得極不尋常。某些銀行起初出現的擠兌潮，使得所有的銀行都處於警戒狀態，他們自然不太願意爲了解救曼哈頓島銀行，將自己暴露在危險之中。

曼特・布魯特在卓上校的銀行存了大約二十萬元。就他自己而言，他並不會爲這家銀行的倒閉而難過，但是他了解到，它的倒閉對數百位其他的存款人而言，損失有多麼重大，這是他第一次對自己的金錢所能做到的事，有眞切的體悟。心中想著他的出現將會爲其他存款人帶來信心，並且停止擠兌，他和哈里森與布拉格登一同前往銀行。出納員正將大把大把的鈔票交給急切的存款人。他的朋友強力建議他趕緊領出錢，以免為時已晚，但曼特十分堅決。他們最後同意了他的決定——幫助芭芭拉的父親，並且對於他的勇氣十分欽佩。

「曼特，我明白。」布拉格登說，他和哈里森走在人群中，聽著人們漫不經心地問著對方，布魯特是不是要來領錢的。「不，他存了超過二十萬元，可是他要繼續存著。」另一個人會這麼回答。

他們兩個人走到每個激動的團體中，說著同樣的話，但他們的擔保似乎沒有什麼成效。這些人是來拯救他們的錢財的；情況十分危急。

表面冷靜穩重但內心不安焦慮的卓上校，終於看見布魯特和他的同伴們前來。他派了一名使者，請求曼特立刻到總裁的私人辦公室。

「他想要幫你救回你的錢，」布拉格登低聲說道，「這表示一切都完了。」

「曼特，領出所有的錢吧，別浪費時間。它肯定是要破產的！」哈里森催促道，眼中閃著熱切的光芒。

布魯特進到了上校的私人辦公室，卓上校獨自一人，像隻籠中獸般踱來踱去。

「請坐，布魯特，如果我看起來很緊張，請別介意。我們當然可以堅持下去，但這實在是太糟了。他們以爲我們要搶他們的錢，他們全瘋了，瘋了。」

「上校，我從未看過這種事。你確定你能滿足所有人的要求嗎？」布魯特十分激動地問。上校的臉色蒼白，緊張地咬著菸蒂。

「除非我們最大的存款人當中，有人發了狂，突然陰我們一把，不然的話，我們還能堅持得了。我明白發生這種事情你會有的感受，所以你才緊跟著其他人的腳步來到這裡，但是我想向你保證，你存在這裡的錢是安全的。我找你來，是爲了向你確保這間銀行的安全。不過，你還是應該知道眞相，我得悄悄告訴你，如果再發出像幾分鐘前支付給奧斯汀的那種支票，雖然只是一時的，但我們的處境眞的會十分艱困。」

「上校，我來此是爲了向你保證，我沒有打算領出我在這間銀行的存款。你不需要緊張。」

門突然打開，一名銀行行員突然衝進來，臉色像死人一樣蒼白。他一進門就開始說話，但後來看見了布魯特，便絕望地閉口不語。

「怎麼了，摩爾先生？」卓上校盡可能保持平靜地問，「不用在意布魯特先生。」

「奧格紹普想要領出二十五萬元！」摩爾緊張地說。

「那就給他啊，不行嗎？」上校靜靜地問。摩爾絕望地看著銀行總裁，他的沉默已經表現得很明白了。

「布魯特，情況看起來很糟，」上校突然轉向他，說道，「其他銀行都很害怕擠兌，我們無法指望他們幫忙。有些已經幫了我們，有些則拒絕了。現在，我不只請求你不要領錢，還希望你能在這關鍵時刻幫助我們。」上校彷彿老了二十歲，聲音明顯地顫抖著。布魯特的同情心馬上油然而生。

「卓上校，我能幫你什麼？」他說，「我不會領出我的錢，但是我不知道要怎麼進一步幫助你。請告訴我吧，先生。」

「曼特，我的好孩子，你可以增加存款，以重塑大眾對我們的信心。」上校緩緩說道，好像很怕這個建議不被接受。

「先生，你的意思是，我可以從其他銀行領錢出來，再將它們存到這裡，拯救這間銀行？」曼特緩緩地說。他這一生從未這麼用力又快速地思考。他眞的能夠冒著失去全部財富的險，挽救這間銀行的命運嗎？如果他刻意將一大筆錢存在搖搖欲墜的曼哈頓島銀行，史威瑞根・瓊斯會說什麼？假設這間銀行倒閉，這麼做將會是最瘋狂的愚蠢行徑。要是他將所有的錢都毀在這次危機中，瓊斯和這個世界對他的觀感，將會十分嚴厲。

「我求求你，曼特，幫我。」上校的自尊蕩然無存。「就算只關門一小時，也是一種恥辱，是多年都無法抹滅的汙點！只要幾個筆畫，你就能夠重塑大眾的信心，並且拯救我們。」

他是芭芭拉的父親。這位自傲的老人在他面前變成乞求者，不再是閱歷豐富的冷酷男子。布魯特腦中想起了與芭芭拉的爭吵，還有她的冷漠無情。他只要拿起筆，就能改變芭芭拉・卓的一生。那兩位銀行家站在一旁，幾乎無法呼吸。外頭傳來腳步的走動聲以及隱約的說話聲。辦公室的門又再次開啓，一名行員激動地揮手示意摩爾先生趕緊到外頭去。摩爾猶豫不決地站著，雙眼盯著布魯特。他知道，該做出幫助或拒絕他們的選擇了。

一瞬間，情勢已然明瞭，他的責任十分清楚。他想起葛瑞太太和珮琪的每一分錢財，都存在曼哈頓島銀行裡，她們微薄的財富仰賴卓上校及其同仁的照顧，但現在卻面臨了危險。

「上校，我會盡全力幫忙，」曼特說，「但是有一個條件。」

「是什麼？」

「芭芭拉永遠不能知道此事。」上校訝異地倒吸一口氣，曼特繼續說，

「答應我，她永遠不會知道。」

「我不懂，但是既然你這麼說，我答應你。」

不出半小時，幾十萬元的存款解救了這間垂死掙扎的銀行，原本只是好奇來觀看擠兌的人，反而成了它的救世主。他的錢爲曼哈頓島銀行打了場勝仗。開心的總裁和董事想要給他極高的利率，但他驕傲地婉拒了。

隔天，卓小姐廣發一場正式舞會的邀請函，但曼特・布魯特先生並未受邀。

第十四章　丹太太的招待

卓小姐的正式舞會並沒有因爲曼特·布魯特的出席而增光。他的確在最後一刻收到了一封邀請函，以及一張冷漠又高傲的致歉小紙條，但他一開始因失望而造成的傷心，緊接著轉爲鄙視與傲慢。曼特仗著卓上校對他的寵信，得以展現自己的自傲，而卓上校則毫不內疚地搶了芭芭拉霸道的地位，試圖讓她與布魯特言歸於好。正式舞會前幾晚，芭芭拉告訴他將由赫伯·艾林開舞時，他大表訝異。「小芭，怎麼不是曼特·布魯特呢？」他質問道。

「布魯特先生不會出席。」她平靜地回答。

「是要出城去嗎？」

「我不知道。」她生硬地說。

「這是怎麼了？」

「父親，他並未受邀參加。」卓小姐心情可不太好。

「並未受邀？」上校驚訝地說。「太可笑了，小芭，立刻寄一封邀請函給他。」

「這是我的舞會，父親，我不想邀請布魯特先生。」

上校坐在椅子上，努力壓抑著怒氣。他知道芭芭拉遺傳了他的固執，並且很久以前就發現，對付她最好要有些技巧。

「我還以爲你和他……」上校的機智已經用盡。

「我們曾經是，」她恍惚了一下，「但是現在一切都結束了。」芭芭拉說。

「孩子，能有這場正式舞會，都是因爲……」上校突然想起曾答應曼特的事，及時阻止了自己。「我是說，要是你不邀請曼特·布魯特，就不准辦任何舞會。對於此事，我想說的就是這些。」他大步離開了房間。

父親走後，芭芭拉大哭了一場，但是她知道，他的話是聖旨，曼特一定要受邀出席。「我會寄邀請函，」她對自己說，「但要是布魯特先生讀了邀請函後還願意來，我可就會大吃一驚了。」

然而，曼特收到邀請函的心情，和寄件人寄出邀請函的心情，可是大不相同。他只看見一道希望，認爲芭芭拉緩和了怒氣，並且對於和好的可能感到開心。收到信的下週日，他和卓小姐約了碰面，但對方卻冷冰冰地接待他。他原先想過不出席舞會，以懲罰她，但顯然她同樣覺得自己對於他的痛苦有所責任。兩人都不太高興，而且也都不願屈服。布魯特感到傷心又屈辱，而她則覺得他很不知趣。他已經準備好承認自己的失敗，卻驚訝地發現她表現頑強。他原先打算提出和戰條件，但她卻輕視他所釋出的善意，使他極爲失望。

「芭芭拉，你知道我有多麼在乎你，」他懇求道，逐步接近投降的目的。「我確定，你對我並不是完全不在乎。這愚蠢的誤會對你來說，一定如同對我來說那樣痛苦。」

「眞的，」她高傲地挑了挑眉，「你還眞的很自以爲是呢，布魯特先生。」

「我不過是陳述你曾經告訴我你也在乎的這個事實。我知道你不會許下任何承諾，但是知道你也在乎就夠了。一點小變化是不可能完全改變你的感覺的。」

「當你準備好尊重我，我或許就會聽你的訴求了。」她說，傲慢地起身。

「我的訴求？」他不喜歡這個字眼，他的圓滑態度完全消失。「這是我的訴求，也是你的訴求！卓小姐，別把責任丟給我一個人！」

「我有說要回到過去的關係嗎？抱歉喔，請讓我提醒你，你今天來，是抱持著自己的想法，完全沒徵求我的同意！」

「芭芭拉，聽我說。」他開始說，隱隱約約明白，情況越來越難理性下去。

「布魯特先生，十分抱歉，我必須先行離開。我要出門了。」

「卓小姐，我眞的十分懊悔今天打擾了你，」他呑下自尊，說道，「或許我下次還有榮幸見上你一面。」

正當他走出房子，內心無比生氣時，他遇見了上校。曼特的招呼雖然與平常一樣熱情，卻有些不對勁，使他可以猜得出發生了什麼事。

「曼特，你不留下來吃晚餐嗎？」他問道，希望他的猜測是錯的。

「謝了，上校，今晚別了。」他轉身離開，上校都還來不及叫住他。

上校進到房間時，芭芭拉氣得快哭了，但是當他開始勸誡她時，她的眼淚消失，取而代之的是冷冰冰的怒火。

「坦白說，父親，你不了解事情經過，」她緩緩地說，「我現在想要告訴你，如果曼特·布魯特再打來，我絕不見他。」

「芭芭拉，如果這是你的意見，那我希望你也聽聽我的想法。」上校起身站在她面前，他的怒氣是這麼地深沉，以致於外表看起來十分冷靜。他拋開對布魯特的承諾，用戲劇化但簡單明瞭的方式，告訴了芭芭拉銀行是如何被拯救的故事。「你看，」他說道，「要不是這位心胸開闊的孩子，我們現在已經傾家蕩產了。這個家永遠爲曼特・布魯特敞開大門，你必須尊重我的想法，聽懂沒有？」

「非常好，」芭芭拉冷冷地回應，「既然是你的朋友，我會盡量以禮相待。」

上校對於這般冷酷的默許不太滿意，但他還是識相地退出了戰場。他留下沉默不語、無法自己的女兒，她的雙眼流露一絲無法隱藏的光芒。銀行的故事深深打動了她，即使她不願承認。知道曼特・布魯特做了這樣的事，而且還是爲了她所做，使她改變了想法。這件事情讓她開心地笑了，但一想起他剛剛惹得她不高興的自大舉動，她的笑容又消失了。她發現自己的怒氣就像一棵植物，需要細心照料。

在這樣溫和的情緒下，幾天之後，她前往丹太太家吃晚餐。當她穿著一件一件式金色禮服走進屋子時，看見曼特・布魯特竟然在屋子裡，心裡不由得震了一下。但她的痛苦完美地隱藏了起來，布魯特完全沒意識到。對他來說，賓客這個角色是個很好的偽裝，他很高興能在這層面具下，毫無負擔地展現自己。但當管家遞給他一張卡片，上面表明他將與卓小姐坐在一起時，這頂面具瞬間變色。他趕忙告訴女主人，試圖告訴她這麼做是不可能的。

「希望你不要誤會我，」他說，「但是，現在還來得及更改我的座位嗎？」

「我知道的，曼特，我的安排和傳統不同。社交活動的主要目的，就是要在晚餐時，讓已訂婚的情侶分開坐。」丹太太笑著說，「讓男人和他的妻子坐在一起，是相當折衷的辦法。」

曼特還無法做出任何回應，晚餐便已宣告開始。她帶著他到芭芭拉的座位旁，說：「你看看，我眞是一位大方的女主人，甘願放棄賓客中最棒的男人，讓他和別人度過快樂時光。芭芭拉，我把這機會讓給了你，希望這不會影響我們的友誼。」

好一陣子，這兩個人的雙眼都直盯著地板。接著，曼特對這個處境感到十分好笑。

「我沒想到，今晚我們竟然要模仿吉普森的那幅畫。」他伸展手臂，諷刺地說。

「我不懂。」芭芭拉的好奇心戰勝了她不說話的決心。

「你忘了那幅畫嗎？一個男人被要求帶著前任未婚妻出席晚餐？」

這番話換來一陣尷尬的沉默，終止了他試圖帶出的幽默。

這頓晚飯恐怕是他們一生中最痛苦的一頓。芭芭拉緩和下來，做好對他讓步的準備。只要曼特表現出的謙遜是合宜的，她就會柔順一些。但前提是，她對於他的義務有相當明確且嚴格的要求。曼特是那麼純樸，似乎不能忍受，他也太過輕浮，無法理解她的需求。他們彼此都很清楚，另一方不打算開口說話，但是雙方也都了解，他們有義務裝個樣子給女主人看。上了至少兩道菜，他們都還是沉默不語。屋內的每一雙眼似乎都在他們身上，大家的心裡都在猜測。終於，在無計可施的情況下，芭芭拉轉頭對他微笑，他已經許久沒在她臉上看見笑容了。可是，她的眼中並沒有笑意，曼特也很清楚。

「我們至少要表現得像是朋友一般。」她悄悄地說。

「說的比做的還容易。」他幽幽地回答。

「他們全都在看我們，覺得很奇怪。」

「這也不能怪他們。」

「我覺得我們應該爲丹太太而做。」

「我知道。」

每當她發現有人往他們的方向看，芭芭拉就會說些不著邊際的話，但是布魯特似乎沒在聽。過了一段時間後，他打斷她談論天氣。

「芭芭拉，這簡直是愚蠢至極。」他說，「如果是和別人在一起，我一定會離開這場蠢遊戲，但是和你就不同了。我不知道我究竟做了什麼，但是我眞的很抱歉。希望你能原諒我。」

「你的保證非常可笑，這一點也不愚蠢。」

「但是我很確定，我知道我們往後提到這次吵架，一定會覺得好笑。你一直忘了，我們有一天會結婚的。」

芭芭拉的眼中閃過一絲光芒，「你忘了，我還得答應你才行。」她說。

「等到時機成熟，你一定會願意嫁給我的。我還沒認輸，你最終會了解我的。」

「噢！我現在可懂了，」芭芭拉說，火氣開始上來，「你是說，要強迫我嫁給你。原來你爲爸爸所做的……」

布魯特怒目瞪視著她，心想他大概是誤會了，「你這話是什麼意思？」他說。

「他告訴我關於銀行的一切事情了。可憐的父親還以爲你很無私，他沒看見你演這齣戲背後所玩的把戲。他那時要是懷疑你要買下他的女兒，肯定會立刻撕爛你的支票！」

「你的父親是這麼認爲的嗎？」布魯特問。

「沒有，但我現在全都知道了。他的堅持和你的堅持，你遇到這個好機會，動作可快了。」

「別說了，卓小姐，」曼特喝道。他的聲音變了，他的眼中出現了她從未看過的眼神。「別擔心，我再也不會打擾你了！」

第十五章　刻意的忽視

某份報紙的印刷紕漏成了眾人的笑話，只有曼特和卓小姐不覺得好笑。報紙的頭條標題寫著：「**未婚夫將爲卓小姐舉辦一場豪華舞會**」，富少幫不懂，爲何曼特看不出笑點所在。

「他追她追得太勤，除了卓小姐，什麼也看不見。」某天晚上，當富少幫在一場懷舊晚餐派對上聚首時，哈里森這麼說。

「總是這樣的，」哲學家布拉格登如此評論，「當你失去了心，幽默感也會一併消失。如果還留有一絲一毫的幽默，已訂婚的情侶是不可能做出這種可笑的事的。」

「倘若曼特・布魯特眞的還愛著卓小姐，那他展現愛的方式還眞是相當蹩腳。」地鐵・史密斯這番評論像顆炸彈般，擊中了每個人。大家其實都這麼想，但是沒人膽敢說出口。在他們看來，布魯特在丹太太家的晚餐後，關於卓小姐的事一直沉默不提，似乎暗示某些不祥的事情。

「說不定只是情人之間的爭吵。」布拉格登說，但是曼特的出現，打斷了他未說完的話。他們各自回到了座位上。

這天晚上結束前，他們得知許多有關即將到來的舞會之驚人細節。曼特並沒有說舞會是爲卓小姐辦的，而在他的描述中，也顯然不去提及她的名字。當他透露他的舞會計畫時，就連想像力豐富、完全沒原則的富少幫，也難以苟同。

諾波．哈里森嚴正地指出，這場舞會將花費布魯特至少十二萬五千元。富少幫驚愕地看著彼此，而布魯特則對朋友的庸俗，做出了一針見血的評論。「我的老天，諾波，」他說，「我看就連婚禮上要使用多少價位的手套，你都會想很久。」

哈里森對於他的嘲笑做出反抗。「曼特，恕我冒昧，比起強迫眾人吞下你的百萬財產，我這麼做一點也不庸俗。」

「我看他們吞下我的錢時，」布魯特反駁，「就好像在吃巧克力一樣咧。」

佩提誇張地打斷他們，「我的朋友以及各位紳士！」

「誰是朋友？誰是紳士？」凡・溫可若無其事地問。

這位藝術家控制著局面。「允許我向你們介紹這位極其富有的男孩，他是目前唯一現存的富翁男孩。硬幣是他的彈珠，而他的風箏則是五十元紙鈔做成的！他都吃紐堡式債券，喝的香檳是酒中金雕！快看哪，各位紳士，趁你還有機會時。快看，他竟然要花一萬三千元買一束花！」

「還有，花了兩萬九千元請來維也納交響樂團！」布拉格登附和，「他們還說沉默是金呢！」

「還有，三位歌手可以平分一萬兩千元！眞是太超過了，」凡・溫可叫道，「在德國，他們要唱一個月才賺得了一半的錢呢！」

「六百名賓客需要花費不下四萬元的總支出！」諾波陰鬱地低聲說道。

「而且，城裡也沒有六百名賓客可請，」地鐵・史密斯悲嘆道，「所有的奢華都浪費在兩百名外地人身上！」

「你們這些傢伙實在有夠杞人憂天，」布魯特打個哈欠，努力表現出無趣的樣子，「我不過是要你們來參加派對，然後裝出一副非常高興的模樣。不要告訴別人，我其實寧可跑去黑勒餐廳喝杯冰淇淋蘇打，也不想辦這個派對，但是……」

「我們就是想聽這個！但是什麼？」地鐵急切地往前傾。

「但是，」曼特繼續說，「我現在已經要辦了，我要辦一場舞會，就是這樣。」

可是，樂觀的曼特卻沒有勇氣跟珮琪說這些鋪張與浪費的情事。爲了滿足她的好奇心，他只得淡淡地說，他正開始準備舞會，而且花費比預期的還要節省多了。對於那些她從外面聽聞的資訊，他總是笑著譴責那些消息的不眞實性。在他堅稱那些都是誇大不實的報導之後，珮琪眼中流露的擔憂神情，這才消失不見。

「我看起來一定很蠢，」曼特低聲說道，他才剛向她好好解釋一番，正要離開房子，「但是等到了年底，我眞的回到工作崗位時，她會怎麼看我？」他發現，要控制自己的願望，對珮琪實話實說，並且告訴她，他正在比一場追求貧窮的瘋狂競賽，是非常難的。

舞會的準備持續進行著，在陰冷的冬天來臨時，舞會已可看出上流社會的樣子。這將會是一場西班牙式的化妝舞會，它成了許多人在茶餘飯後的話題。雖然對於曼特的奢侈，人們仍然不時給予嘲諷，但是舞會中華麗的異國情調，仍令他們十分著迷。表面上雖然斥責他的鋪張行徑，但私底下，人們卻暗自欽佩這個男人的過人膽識。大家也都樂意幫助他，進行這項放蕩不羈的大事。和他一起共事很容易遇到災難，但接近困難時他會獨自採取大膽的嘗試。布魯特指派許多任務和機會給哈里森與佩提，讓他們沒空探聽外界批評，所以他只有聽見一些風聲。那些輿論對他沒什麼影響，因為他正忙著記下一筆筆帳目，使帳本的盈利欄位金額大增。雖然證券交易所給予他重重一擊，不過這場舞會將會使他再次領先。富少幫捲起袖子，幫助佩提進行準備工作。他發現他們的存在有些多餘，因為他們的想法從未一致，每個人都想盡辦法使自己的建議受到支持。但是讓布魯特苦惱的是，他們在努力約束他花大錢這點上總是團結一致。

「要是我們不阻止他，他一定會將汽車和珍珠項鍊作為賓客小禮，」地鐵．史密斯這麼說，因為曼特才剛預訂了名貴的香檳，打算供應一整晚。「先給他們盛個兩杯就好，剩下的時間就算只有蘋果酒，他們也不會介意的啦。」

「曼特真是瘋癲，」布拉格登說，「以這樣的準備速度，他很快就會疲乏的。」

事實上，這樣的速度的確讓布魯特開始感到疲憊。工作和擔憂開始影響到他的健康。他的臉色很差、雙眼無神，整個人一副無精打采的樣子，就算盡力隱藏，也躲不過朋友的眼睛。偶爾的小發燒困擾著他，而他也承認身體確實有些不適。

「好像有哪裡不太對勁，」他難過地說，「我的身體似乎就要同時停止運作了一樣。」

一切的準備工作突然停擺。預定舉辦舞會的前兩天，一切都停滯下來，負責人全都茫然又訝異地倒在椅子上。曼特．布魯特病得十分嚴重。

醫生說是盲腸炎，非得動手術不可。

「感謝老天，我生的病不至於太可笑，」曼特笑道，毫不害怕即將到來的手術，「要是得了腮腺炎，或者被報導成『由於得了百日咳，布魯特先生不克參加自己的舞會』，那多可笑啊！」

「你不是在說舞會不打算取消吧？」哈里森繃緊了神經。

「當然沒有要取消，諾波。」曼特說，「這是我一直想要的。你們就負責和賓客握手，我待在家裡休養。」

這個消息一宣布，他們立即召開了軍事會議，富少幫全員一致同意收回邀請函、取消舞會。起初曼特十分堅持這個決定，但是有人建議他可以將舞會延遲舉行，先將身體養好，他的態度才軟化下來。畢竟，兩場派對可以使支出倍增，這個機會可不能錯過。

「那麼，把它取消，但是要記得說，舞會只是延後舉辦。」

他們四處奔波，忙著取消預訂、收回邀請、結算帳單，同時盡力在預定計畫被破壞之後，救回花掉的錢。哈里森和朋友們擔心布魯特的生命，擔心到幾乎發狂的地步，所以試圖在幾小時內創造奇蹟。嘉德能用他難得的洞察力，預測那支維也納交響樂團將會損失慘重、無可彌補。他建議在國內策劃為期數週的巡迴演奏會，曼特因為太過虛弱，便授權給他，讓他執行這個可行的計畫。

曼特比起其他富少幫的成員，倒是不畏懼也不擔心，對他來說，盲腸炎就像接種疫苗一樣，是無可避免的事。

「盲腸炎是生命這本大書中，十分重要的一部分。」他曾這麼告訴珮琪・葛瑞。

他拒絕住院，但卻極力懇求回到葛瑞太太家的老房間。

他就像個生病的男孩一樣鬱鬱寡歡又孤單寂寞，渴望受到她們的關愛與陪伴，因為她們是他生命中重要的一部分。婁歷思醫生請他們將臥室轉變成一間典型的手術室，曼特開心地想，雖然他已經無法為籌辦舞會花上好幾週的錢了，但他至少可以盡量增加這個疾病的支出。手術前，一群優秀的外科醫生進行了一趟會診，但是實際上，布魯特已將富少幫之一的婁歷思醫生，任命為他的家庭外科醫生。曼特堅強地忍受著疼痛，並且進行了手術，這是唯一可以拯救他性命的方法。手術過後是一段煎熬的歷程，接著醫生保證他會好起來，然後便是幾天的康復期。在這間身為一個男孩，他曾恣意作夢、度過傷痛的小房間裡，他和死神搏鬥，漸漸地從病痛中恢復過來。他發現，重拾生命比他想像中還難。生命的負擔全都好沉重。受過良好訓練的護士發現，要喚醒他的求生意志，需要比藥物還更加強大的刺激物才行，最後他們終於在珮琪身上找到這種東西。

「女孩，」她第一次獲准進房看他時，他對她說，眼中散發著光芒，「你知道嗎？這個古老的世界其實沒有那麼糟。有時候，我躺在這裡，整個世界看起來是扭曲的、古怪的。但是，還是有些事物讓它變好。今天，我感覺到我終於在這世界有了容身之處，我好像可以戰勝一切。你覺得呢，珮琪？你覺得是不是有什麼我能夠做的事？你懂我的意思嗎？某件任何人都無法做得比我好的事。」

但是，珮琪覺得曼特的情緒如此低落，完全是因為生病的關係，所以不讓他繼續說下去。她安撫他、鼓勵他，用她冰冷的雙手撥著他的頭髮。接著，她離開房間，讓他一個人思考、冥想、繼續作夢。

過了好幾天，他混亂的思緒轉到了金錢這件事上，他突然想到希望那些醫生能夠收多點錢。因此當婁歷思帶著明顯的痛苦神情，告訴他醫藥費總額是三千元時，他的病情差點沒復發。

「那麼，手術要額外收多少錢？」曼特問道，不願平白無故接受恩惠。

「已經包含在三千元裡了，」婁歷思說，「他們知道你是我的朋友，因此費用盡量壓低了。」

好幾天下來，布魯特一直待在葛瑞太太家中，開心地享受著這個家的寧靜，有了珮琪陪伴，他的心情祥和，就算遠遠落後每日需支出的金額，他也心滿意足。人們前來家中探病所流露的關心，以及朋友所展現的擔憂，對這位揮霍金錢的浪子，都有著撫慰的效果。這些都給了他失去已久的自尊。醫生最後做出決定，建議他最好在佛羅里達州的暖陽下療養一個月。他立刻接受了這項提議，但仍自行處理此事。他吩咐總負責人哈里森在當地租一間屋子，並且堅持珮琪和葛瑞太太一定要陪著他一起去。

「醫生，我要多久才能開始工作？」曼特問道，隔天他就要搭乘前往南方的特別專車了。他開始察覺到，這場大病迫使他散漫許久，其實是一件壞事。他的內心因爲渴望回到揮霍金錢的任務，而蠢蠢欲動。

「工作？」醫生笑道，「請問一下，你有什麼工作？」

「使他人富有。」布魯特認眞地回答。

「這個嘛，你付這麼多錢給我，還不滿意嗎？如果你眞那麼喜歡施捨，那你恐怕還病得很重。只要小心一點，五、六週後就可以下床了。」

婁歷思走後，哈里森進來看他。珮琪在窗邊對他笑。她剛剛一直在朗讀一本小說，內容是如此地滔滔不絕，以致於若被人打斷，書本彷彿會破口大罵一般。

「諾波，我原先要舉行的舞會，現在怎麼樣了？」曼特面露擔憂地問。

「怎麼這麼問？已經取消啦。」諾波訝異地說。

「曼特，你不記得了嗎？」珮琪馬上抬起頭來問道，心想他的記憶是不是消失了。

「我當然記得取消了，但是你打算何時舉辦？」

「我們根本沒有延期，」諾波說，「怎麼可能呢？我們不曉得是否……我是說，當時的情況不適合延期。」

「我懂了。那麼，交響樂團、鮮花那些的，後來怎麼了？」

「交響樂團現在還在國內巡迴，團員之間一直在爭吵，要不就是跟別人吵架，把可憐的嘉德能搞到快進瘋人院了。鮮花很久之前就謝了。」

「諾波，我們之後要聚一聚，並且試著在仲四旬齋時舉辦舞會。我想我那時候應該已經好了。」

珮琪哀求地看著哈里森，希望他想想辦法阻止他，但哈里森似乎覺得，保持緘默才是上策，於是他離開了房間，心裡想著，這場大病是不是將曼特的理智完全奪走了。

第十六章 陽光普照的南方

布魯特租了一位紐約富豪的別墅。屋主目前喜歡義大利更勝於佛羅里達州的聖奧古斯丁，因而將這棟位置便利、設備豪華的別墅，交給朋友託管。布魯特用極高的月租，租下它三個月。他任命喬伊．布拉格登爲總負責人，將他的家當從紐約搬來，因此很快的，別墅房間的舒適程度已可比擬其豪華程度。布魯特不被允許使用早他一步從紐約抵達的馬匹和新車，但他的客人倒是有許多機會使用。諾波．哈里森留在北方，重新安排討人厭的舞會，並且負責處理遊艇之旅進一步的細節。婁歷思醫生和他的妹妹，以及地鐵．史密斯和葛瑞母女，則與布魯特一同前往南方。婁歷思嚴格地執行曼特的嚴格飲食計畫，並且極爲限制他的行動，使得他意志消沉。這段康復期將會是病人的一大考驗。起初，他必須待在室內，只能靠玩牌消磨時間。但是曼特覺得橋牌對新手而言太過困難，因此寧可和珮琪玩雙人皮克牌。有一回，當他們在玩牌時，珮琪問了一個困擾她好幾天的問題。「曼特，」她發現這個問題比她散著步暗自排練時還要難啓齒，「我聽說卓小姐和她的母親將來附近的飯店住宿。如果邀請她們一起來住，不是很棒嗎？」

布魯特的臉上籠罩一片黑暗，珮琪的心沉了下去。他們的爭吵一直使她很困惑，她希望透過自己的努力，讓一切好轉。有時，她會閃過一絲念頭，希望這次爭吵對曼特而言，不如她所想的那樣重要。可是在內心深處，她生命中唯一確定的事，似乎是害怕他過得不快樂。她覺得她非搞清楚不可。人心總是渴望知道最糟的結果，基於這樣的渴望和衝動，她決定打開這個話題。

「你好像忘了，這裡是她們最不想踏進的地方。」從布魯特的表情，珮琪讀出，殉道的精神似乎是她唯一的出路。她勇敢地踏了出去。

「曼特，那些我眞正知道的事，我一件也沒忘。這一次你眞的錯了。你的運動家精神跑哪兒去了？以前，你從不打會輸的仗的，現在也不可以。曼特，你已經喪失膽量了。你難道看不出，這是個進攻的好時機嗎？」不知為何，她所說的這些話，和她原先計畫說出口的不一樣。他臉上的陰鬱重重壓在她心上。「曼特，你不介意，對吧？」她溫柔地說道，「不介意我說這些話？我知道我不該插手，但是我認識你這麼久了。我討厭看著事情因為一個小誤會而變了樣。」

但是，曼特其實非常介意。他一點也不想要談論這件事，而珮琪一副急著將他和芭芭拉送作堆的樣子，看起來似乎不太合理。顯然，她對他一點也不在意。他陰鬱地看著她。此刻，她所想到的只有他的痛苦，但她的表情並未顯露出來。

「珮琪，」他最後終於叫道，非得給她一個回應讓他覺得厭煩，「你完全不知道自己在說些什麼。芭芭拉・卓不只是生一場氣而已，她是真的很氣我。」

「這是可以改變的。」珮琪插嘴。

「才不是這樣，」布魯特說道，「她根本不相信我，還把我當白癡看。」

「或許她說的也沒錯，」她叫道，變得有點生氣，「或許，你從來沒發現，女孩們說很多話，是為了隱藏她們的情感。或許，你不知道女孩們就是這樣瘋狂、易怒又愚蠢的生物。她們不曉得怎麼對所愛的人誠實，就算她們曉得，也不會這麼做。曼特・布魯特，要是你只相信她所說的話，而不相信她所看的事，那你真的和白癡沒兩樣。」

激動、堅決又生氣的珮琪丟下牌，跑出房間，免得被他看見自己愛哭又陰柔的一面。她留下布魯特，讓他繼續深陷在悲傷之中，但她也使他困惑起來。他開始想，芭芭拉．卓的內心，是不是眞的藏了什麼。接著，他的思緒轉向珮琪和她怒氣沖沖的樣子。他以前只看她發過兩次脾氣，他很喜歡她這個樣子。他想起來，她十五歲那年，她也曾經發過脾氣，討厭他所暗戀的女孩。他突然大笑起來，想起她那時畫了一幅生氣的圖，並且在生了許久的悶氣後，悶悶不樂的心情卻一下就煙消雲散。一個男人拿了幾封信進來，被他的笑聲嚇了一跳。其中一封信是諾波．哈里森寄來的，信中告訴他所有的私人消息。舞會將在仲四旬齋的時候舉辦，也就是三月底左右；至於遊艇之旅，他已在洽談租借一艘名爲「迅風號」的蒸氣遊艇，該遊艇爲布朗．布朗公司的已故總裁雷金納德．布朗所有。

這封信讓布魯特對於自己的行動受到約束而感到惱怒。他的任務正逐步走向令人沮喪的情勢。這場病已經對他的事業造成超過五萬元的損失了。他唯一的慰藉，就是哈里森對於嘉德能目前狀況的簡述了。嘉德能負責維也納交響樂團在美國的短暫巡迴演出，每天他們都會上演爭執和不合的戲碼，除此之外，從經濟的角度來看，這個活動是個全然的失敗。違約與官司使這趟旅程不斷在賠錢，可憐的嘉德能就要絕望了。從一開始，巡迴演奏會顯然就是個災難。大眾的不捧場，引起了樂團成員的不滿，整個團隊已逼近解散危機。嘉德能生活在無止盡的恐懼中，深怕這些愛吵架的匈牙利人會突然拿起匕首和酒杯決一死戰，結束這趟旅程。布魯特一想到一板一眼的嘉德能要試著安撫這些情感激昂的音樂家，就不禁莞爾一笑。

幾天後，卓太太和卓小姐落腳於龐塞德萊昂旅館，使得和好的可能似乎出現了曙光。然而，曼特對於這個話題仍保持一貫的緘默，拒絕滿足朋友們的好奇心。卓小姐還帶著一些朋友來，包括兩位漂亮的肯塔基女孩及一位芝加哥的年輕富翁。她住得十分快活，不如曼特所居別墅的奢侈風格。無可避免地，曼特和她這兩方的客人碰上了面，並時時一同騎馬遊蕩。曼特將身體不適當作藉口，並未參與出遊，但是他和芭芭拉也不願強調彼此之間的爭吵。

曼特的態度讓珮琪陷入絕望。她深信，在他的自尊背後，其實仍暗自希望與芭芭拉和好如初，可是她不知道如果他繼續保持冷淡，該如何打破他的心牆。她很確定那副專制的口吻，絕對可以贏得芭芭拉這種女孩，但顯然地，曼特不肯接受建議。她十分肯定，他誤解了芭芭拉的感受，她看著事情往錯的方向發展，越來越沒希望。有好幾次，她恣意地想著各種可能性，最後卻總是覺得不可能做到。她顧慮得太多，使得她所設想的辦法似乎全都難以達成。她的瞻前顧後使得她不敢確定任何事。

有些時候她會想，她說不定可以跟卓小姐說些什麼，然後解決這一切。但是因爲某些原因，她總是遲疑不前。雖然現在她們多多少少有碰面的機會，她還是跨不過某種障礙。直到某天，天氣晴朗，她接受了芭芭拉的騎馬邀約，事情似乎變得簡單起來。這是她第一次感覺到這個女孩的迷人之處，也是芭芭拉第一次看起來沒那麼冰冷，感覺很友善。她們靜靜地騎著馬，穿越樹林、沿著沙灘，不知爲何，事情在這空曠的環境中，好像沒那麼複雜了。終於，在舒適、慵懶的暖陽下，不經意地提及曼特似乎也變得可能。在那之前，提到曼特的名字總是會將氣氛搞得十分尷尬。珮琪非得開啓這個話題，因爲對她來說，事情來到把話說清楚的勝敗關頭，已顧不得是否得宜了。在開口前，她畏縮了一下，但最終仍毫不懼怕地放手一搏。

「醫生說，曼特明天可以出門騎馬了，」她開始說，「太好了是不是？」

芭芭拉唯一的回應，就是用鞭子抽她的小馬，抽得有點大力。珮琪繼續說下去，彷彿沒意識到眼前的危機。

「可憐的傢伙，整天待在家中，快要無聊死了……」

「葛瑞小姐，請不要再對我提到布魯特先生的名字。」芭芭拉打斷她，眉頭一皺。但是珮琪已打定主意不管她，執意繼續說下去。

「卓小姐，採取這樣冷酷的態度，究竟有何用呢？我非常了解整個情況，我不相信曼特或你會在一個禮拜之內，就失去深植在心的情感。我太了解曼特了，所以很清楚他不會這麼容易就改變。」珮琪仍一廂情願地堅持自己的作法，「你們兩個這麼地好，實在不值得爲這種誤會而苦。在我看來，只要一句話，就能打破僵局的。」

芭芭拉挺直身軀，雙眼盯著陽光下雪白發光的路面。「我一點也不想打破什麼僵局。」她極爲嚴峻地說。

「可是，你們幾個禮拜前才剛訂婚而已。」

「眞的很抱歉，」芭芭拉答道，「這件事竟然被廣爲談論。布魯特先生的確有向我求婚，但是我可從未答應過。事實上，我只是因爲他的堅持，才說要考慮看看的。我的確有考慮。坦白說我也蠻喜歡他的，但是我不久前發現他犯了一件大錯。」

「什麼意思？」珮琪眼中閃過一道光，「他做了什麼？」

「我很確定，自從去年九月開始，他已經花了超過四十萬元。這不算大錯嗎？」卓小姐用她緩慢、冰冷的語氣說道，就連忠誠的珮琪也不得不承認，這番批評實在言之有理。

「所以，就連慷慨也不再是種美德了，是嗎？」她冷冷地反問。

「慷慨！」芭芭拉尖聲叫道，「那根本是白癡的行爲！你沒聽見人們怎麼說的？他們都叫他笨蛋，在俱樂部裡，大家都打賭他一年內就會變乞丐。」

「但是他們仍舊樂意幫他花錢。我還注意到，就連世故的婆婆媽媽也很喜歡他。」珮琪的這番話帶有一些諷刺意味。

「親愛的，那是好幾個月以前的事了！」芭芭拉鎮靜地駁斥她，「他向我求婚時還告訴我，他在一年內無法結婚。你難道看不出來，一年後他就會變成一個可憐的窮光蛋了嗎？」

「當然，什麼人都比窮光蛋好。」珮琪用她清晰、溫柔的聲音說道。

芭芭拉只遲疑了一下。

「葛瑞小姐，你必須承認，他的行爲是相當可恥的。有哪個女孩跟這種人在一起會幸福？況且，每個人都得爲自己的命運著想呀。」

「那是當然。」珮琪說，腦中閃過許多念頭。

「我們可以回別墅了嗎？」一陣尷尬的沉默後，她說。

「你一定也不認同布魯特先生的作爲吧?」芭芭拉不喜歡被當作壞人,她覺得她一定要努力爲自己辯護。「他揮霍金錢全不顧後果,而且說不定還做了比揮霍更不光彩的事情呢。」

珮琪雖然個頭不高,但此刻她抬起頭來,彷彿習慣以高傲之姿鄙視全世界的人。

「卓小姐,你似乎有點超過了。」她平靜地說。

「不只有紐約人嘲笑他那愚蠢瘋狂的行爲,」芭芭拉堅持說,「我們那位來自芝加哥的客人漢普頓先生說,他們那邊對他的看法,比我們東邊這裡還要糟。」

「曼特病得這麼嚴重,眞是可惜。」她們轉進鐵製大門時,珮琪靜靜地說。芭芭拉很快就明白了她話中的含意。

——第十七章——

前往蠻荒之地

三月時，布魯特回到紐約，身體已經好多了。他的病大大阻撓了花錢計畫，所以他必須付出加倍的努力，無法去顧慮朋友明顯的恐慌。他首先前去拜訪了格蘭特與銳普利律師事務所，希望得知史威瑞根・瓊斯目前爲止的反應。律師並未聽說蒙大拿州那邊傳來任何抱怨，並建議他繼續保持下去，向他再三保證，瓊斯不會有無理的要求。

就在手術前，他和瓊斯交換的幾封電報，再度點燃他對這位古怪督察的恐懼。

紐約，一月六日

致蒙大拿州比尤特縣的史威瑞根・瓊斯

替我自己投保可以嗎？會違反條件嗎？

曼特・布魯特

致紐約的曼特・布魯特。

這樣一來，你的生命恐怕就變成你所持有的資產之一了。你能在九月二十三號之前，將之捨棄嗎？

瓊斯

致蒙大拿州比尤特縣的史威瑞根・瓊斯

正好相反，我覺得到時生命會變成一種負債。

致紐約的曼特・布魯特

如果你這麼想，那麼我建議你買個五百元的保險。

曼特・布魯特

致蒙大拿州比尤特縣的史威瑞根・瓊斯。

瓊斯

你覺得五百元夠付喪葬費用嗎？

曼特・布魯特

致紐約的曼特・布魯特

如果真的到了那個時候，你不會還在意費用的。

瓊斯

第二場舞會的邀請函已寄出一陣子，而布魯特來到宴會場地時，一切的準備也幾近完成。他不意外地發現，有幾位老朋友找上了他，激烈地抗議他正在做的事情。還有，對於某些事情的圓滿成功，他的存在已不如從前那般必要了。他不再像過去那樣受到熱情的觀迎，這使他不禁暗自地想，到底有多少朋友能夠眞誠以待，直到最後。這樣的不確定性使他越來越常需要珮琪．葛瑞從不動搖的忠誠，造訪她那間小書房的頻率也比過去數個月以來更高。

雖然他非常擔心舞會過於矯情和奢華，但在某種方面，舞會對他是十分有益的。帳本的「盈利」欄位不僅增加了，而且尚有別的來源可使金額擴增。維也納交響樂團由身心俱疲的伊榮．嘉德能帶頭，一行人繞回紐約，及時在布魯特的舞會上，來場和諧的告別演奏，使得賓客不禁納悶，美國的民眾爲何不懂得欣賞他們眞材實料的演出。小心翼翼地結算所有的花費和收據後，整趟巡迴之旅對布魯特而言，簡直是一大豐收。淨支出金額爲五萬六千元。當整個城裡的人都聽說這件事後，大家都憐憫地嘲笑他。可憐的嘉德能試著向虧損慘重的布魯特解釋這場災難，幾乎就要哭了。但是就算遇到這種惱人的事，曼特仍異於常人，以幽默的方式帶過。

從美學的角度來看，這場舞會被眾人談論了不止一季。佩提如願地獲得掌控權，並為自己創造了持久的名聲。當布魯特在佛羅里達州養病時，他將事情一手包辦，並把舞會主題從西班牙畫家維拉斯奎茲改為法國路易十五時期。當邀請函全數寄出後，他才驚恐地發現，為先前的西班牙式舞會所買的賓客小禮，將無法適用於新的法式舞會。他立刻發電報告訴布魯特這個不幸的消息，但卻驚訝地發現，他的回應十分平淡。「曼特總是這麼地好。」他想著，內心散發欽慕之情。這項新計畫比舊的還要花錢，因為要在雪莉的店布置一套凡爾賽風格的家具，實非易事。佩提從不模仿，但是他卻創造一種絕佳的效果，十分符合他所選擇的時代特點。配合這些布景的，是華麗亮眼的昂貴服裝，以及搭配這些服飾的假髮和髮粉。這位藝術家大費周章為曼特弄到了一套有著白色綢緞與金色織錦的服裝，聽說就是路易十五曾經穿著的衣服。穿著這套衣服讓布魯特覺得自己好像一位過分打扮的花花公子，所以當天亮一小時後，終於能夠脫下它時，他感到無限輕鬆。他知道一切都進行得很好，就連丹太太也很滿意，但是這整件事卻讓他悶悶不樂。在那些滔滔不絕的讚美背後，他能察覺到一絲諷刺，那是人們在私底下嘲笑他的痕跡。他之前並不曉得這些嘲諷有多傷人。他心想：「我寧可毫不猶豫地放棄這場競賽，滿足於剩下的財產就好。」但是他想到，這樣的舉動是無法挽回自己的名聲的，於是他又再次重拾挑戰，下定贏的決心。「到時候，」他興奮地想，「我一定會讓他們爲我喝采。」

他渴望帶著朋友一起航行到地中海，遠離紐約的目光和閒言閒語。他不耐地催促哈里森完成所有的安排，這樣他們就能馬上出發。可是哈里森報告進度時，卻面露不安。初步的細節都已準備完畢。他已經租下「迅風號」四個月了，船隻也已徹底檢修，進入出航狀態。這艘船是布朗特別自豪的一艘，但是在他死後，船落入繼承者手中，他們急欲將之租給出價最高的人。在紐約的港口，要找到比它更漂亮的船可不容易。一支精挑細選、由五十人組成的船員聽從船長阿柏能．培里的指揮；負責膳食的則是一位著名的管事，能將食物儲藏室裝滿奢侈食材。四月十號，這艘船便會準備就緒、出海航行。

「曼特，我覺得你太急躁了，」哈里森說道，緊張地拗手指，「如果我們全都照你所想的進行，你肯定會變得一毛不剩。停下腳步不是比較好嗎？這一切看起來實在太瘋狂了。你會變得一毛不剩，曼特，我說眞的。」

「諾波，我的本性並不節儉，但是如果你想爲自己存點錢，我不會反對的。」

「曼特，你之前就曾這麼告訴我。」哈里森走到窗前說道。當他再次轉身面對布魯特時，他的臉色十分蒼白，但是表情堅決，打算說些什麼。

「曼特，我必須放棄這份工作。」他沙啞地說，曼特立刻抬起頭來。

「諾波，你這話是什麼意思？」

「我得離開，就是這樣。」哈里森說，僵硬而挺直地站著，看著布魯特上方。

「老天，諾波，我不能接受。你不能拋下那艘船。到底是怎麼了，老朋友？你的臉和鬼一樣蒼白。是怎麼了？」曼特站起身來，雙手放在哈里森的肩上。可是，他還沒認眞地看著哈里森，這位朋友的雙眼便無助地垂下。

「曼特，事實上，我拿了你的一些錢，而且把它搞丟了。這就是爲何我無法留下。我背叛了你對我的信任。」

「告訴我是怎麼回事，」曼特似乎比他的朋友更不安，「我不懂你的意思。」

「曼特，你太相信我了。我以爲我在幫你的忙。你花錢花得太凶，什麼也沒賺到，然後我以爲我看見一個可以幫你的好機會。但是出了差錯，就是這樣，在我能收手賣掉股票前，你的六萬元就飛了。我現在沒法還你，但是我眞的不是故意要偷你的錢。」

「諾波，不要緊的。我知道你以爲你在幫我。錢不見了，就別再提起。老弟，別這麼自責。」

「我就知道你會這麼說，但是這樣無濟於事。我或許有一天能夠償還我拿走的錢，所以我要去工作，直到我還清。」

布魯特說他不需要用到那些錢，並且拜託他繼續留在這個職位。但是，哈里森的自尊心很高，無法忍受每天遇見這位他所對不起的男人。慢慢地，曼特明白諾波在可行的選項中，取了一條最有骨氣的道路，於是便不再打消他的念頭。他堅持要離開紐約，因爲在大都市中，他沒有機會賺錢償還。

「我已經下定決心了，曼特，我要去西邊，或許是山裡。說不準我會在那兒找到一座金礦致富，這似乎是唯一能還你錢的機會了。」

「老天，諾波，夠了！」曼特叫道。「如果你非走不可，我願資助你尋找金礦。」

最後，諾波接受了布魯特的建議，他們同意平分他在這趟尋金之旅所獲得的所有財富。布魯特會資助他一年，因此，週末時，這位前往蠻荒之地的新手便出發前往洛磯山脈。

第十八章 海上浪子

哈里森的離去帶給布魯特很大的痲煩，因爲他被迫實際處理那些自身的事務。他並非好吃懶做，只是這種事情不是他所想做的。某天的凌晨四點鐘，在徹夜審閱帳本之後，他發現財務記錄出現了可怕的狀況。在過去六個月極端痛苦的生活中，他已經設法花掉將近四十五萬元。但是除了原先那一百萬元之外，他還得額外加上「製材與燃料」及其他「不幸」的交易所得來的五萬八千五百五十元；賣掉家具和其他物品後，至少會再多四萬元；而銀行還有大約兩萬元的利息要考慮進去。幸好，好運氣一直幫助他散財：銀行倒閉讓他損失十一萬三千四百六十八元又二十五分錢；諾波・哈里森也幫他花了六萬元；舉辦舞會這個魯莽但堅決的行爲，則花了三萬元；在生病期間沒花到的錢，也被那趟不幸的巡迴演奏之旅給抵消了；佛羅里達之旅、醫藥費、別墅租金以及生活費，也支出了一萬八千五百元；豪華晚餐和表演團體總共花費三萬一千元。將所有的事情納入考量，他覺得自己目前爲止做得還不錯，可是這個任務最艱難的部分才正要來臨。他仍然擁有一大筆錢財，必須在九月二十三日前全數花光。遊艇之旅已經用掉了四萬元。

他決定立刻展開一項有系統的撲滅金錢計畫。他打算在出航前，透過買賣或贈送的方式，處理掉許多家用品。因爲他預計八月底才會回到紐約，先將這些物品脫手，便可降低最後一個月的麻煩。然而，將公寓的物品處置之後會獲取的「利潤」是不容小覷的。所幸靠著支付給員工的薪水和日常支出，他能夠再花費一筆可觀的數目。希望來到大西洋的另一端，新的浪費機會便會出現。他覺得他應該可以在最後一個月，把最後的部分解決。隨著出航日的逼近，這個世界對這位最貪財的揮霍浪子來說，似乎又光明了起來。

和律師的道別使他十分振奮，因爲他們認爲他贏得這場奇特競賽的機率極高。當他與他們告別之後，心情十分高亢，開心地認爲全世界就在他面前展開。在電梯裡，他遇見了卓上校。對他們雙方而言，這樣的巧遇有些尷尬。上校對於曼特和女兒之間錯綜複雜、難以理解的狀況感到十分困惑。她含糊地總結了她在聽說銀行的故事後，對彼此和解所做的努力。她說，她已經盡了最大的努力對他好，使他感覺到自己有多感激他的慷慨行爲，可是他卻做出令人不悅的反應。卓上校知道事情出了差錯，可是身爲一位嚴峻的美國父親，他無法干預女兒的感情事務。他們的狀況讓他很難過，因爲他很喜歡曼特這個小子，而芭芭拉的「社交評論」對他並未造成影響。當他在電梯裡遇見布魯特時，昔日的溫情再現，這場爭吵能夠畫下句點的希望又再度點燃。他高興地迎接他。

「布魯特，你應該沒忘記，」他們握手時，他說，「你在我們這裡存了一些錢？」

「沒有，」曼特說，「當然沒忘。我應該很快就會拜訪你，要領一部分出來。我星期四就要出發，展開地中海航行之旅了。」

「這件事我略有耳聞。」他們搭到一樓，卓上校帶著他走出人群，來到大廳。「你可以隨時使用那些錢。不過，好孩子，你是不是腳步太快了點呢？你知道我一直都喜歡你，我也和你的爺爺很熟。他是個好傢伙，曼特，他一定不想看見你這樣揮霍他的金錢。」

雖然他不希望被芭芭拉的父親所責備，但是上校的語氣卻讓布魯特有些心軟。他又再次產生一股說出實情的衝動，但他還是及時煞了車。「上校，這個世界眞的很有趣，」他說，「有時候，最親密的朋友反而是陌生人。我知道我看起來像個笨蛋，但是說眞的，好好度個假期，再回到工作崗位上，有什麼不好呢？」

「曼特，你說得一點也沒錯，」卓上校變得嚴肅起來，「但是等到你玩個盡興之後，工作會變得十分累人。你會發現自己落後許多。回到工作崗位可不是說說而已。」

「上校，或許你是對的，可是就算最糟糕的狀況來臨，至少我還有東西可以回味。」曼特挺直肩膀。

他們離開了大樓，上校感到十分無力。

「曼特，你知道嗎，」他說，「小女對這件事十分傷心。她很勇敢，試著不表現出來，可是女孩子家是不可能馬上就從這種事情復原的。我並不是說，」他退了一步，「言歸於好很容易。但是我很喜歡你，曼特，如果別的男人做得到，你也可以的。」

「上校，我也希望我做得到。」布魯特毫不遲疑地說，「就算是爲了你，我也非常希望事情像表面上這麼容易。可是，有些事情男人是忘不了的，芭芭拉用各種方式表明，她對我一點也不信任。」

「這個嘛，我很信任你，非常信任。好好照顧自己，等你回來時，你可以信賴我。再會了。」

星期四早晨，「迅風號」航離了港灣，浪子的旅程展開了。從來沒有比這艘更快速、更乾淨、更漂亮的船，駛離過紐約的港口，搭乘此船出洋的，是一群快樂的遊客。布魯特的賓客一共二十五人，他們全都帶著許多女僕、男僕和行囊。數週後，他將讀到紐約報紙上對於此次出航的生動描述，但屆時他已不再受報紙的嘲笑所影響了。

甲板上，丹・德米和丹太太、珮琪・葛瑞、李察・凡・溫可、雷金・凡德普、喬伊・布拉格登、婁歷思醫生和他的妹妹伊莎貝爾、法定監護人瓦倫丁先生與瓦倫丁太太及他們的女兒瑪莉、地鐵・史密斯、保羅・佩提，還有其他較不顯赫的人物，一起看著紐約的剪影消失在濃霧中。曼特掃過這群興奮的賓客，開心地發現，這些人都是他最要好、最眞摯的朋友。這群夥伴的忠誠歷經考驗，他知道他們會陪著他度過任何困難。

當大家發現，丹・德米對於出航早已準備就緒，都十分驚訝。這些不常旅行的賓客都說，他如果有機會坐上一艘西行的船、回到他的俱樂部，肯定會中途棄船逃跑。然而，肥胖、懶惰的德米卻不在意地笑著說，如果他最後還一直「黏著這艘船不放」，希望不會造成大家的困擾。

有好一陣子，大海、藍天、大夥兒的閒聊，讓日子十分快活。但是過了幾天平靜的生活後，一切靜了下來，也就是在這個時候，曼特獲得了阿拉丁的綽號，這個綽號便從此跟著他。不知是從船艙中、索具裡還是海面下，他帶來了四個南方黑人，他們彈著吉他、唱著節奏滑稽的樂曲，爲這趟旅程中，帶來許多益處。

「珮琪，」某天，天氣特別晴朗，甲板上靜悄悄的，布魯特對她說，「整體來說，比起跨越北河，我更喜歡這樣。我比較喜歡這樣，你呢？」

「這好像夢一般。」她叫道，雙眼閃閃發亮，頭髮在風中舞動。

「對了，珮琪，你知道我在船艙的衣櫃裡藏了什麼嗎？是許多從舊閣樓帶來的書，你喜歡的。我要留到雨天時再拿出來讀。」

珮琪沒有說話，但臉卻紅了起來。她熱切地望向海面，接著笑了起來。

「我不曉得你也會留東西。」她微弱地說。

「別這樣，珮琪，別這麼說。」

「我不是故意要傷害你的。但是你不能忘了，曼特，今年過後，未來還會有很多年要過。你知道我的意思嗎？」

「親愛的珮琪，請別教訓我。」他懇求道，使她無法再板起臉孔來。

「曼特，今天的課就上到這裡，」她輕鬆地說，「但是教授知道自己的職責所在，下次可就不會這麼容易放過你了。」

——第十九章—— 孰是英雄

在直布羅陀時，曼特收到一封看似帶有凶兆的電報，他顫抖著打開它。

致直布羅陀私人遊艇「迅風號」上的曼特・布魯特。

最近國內出現一些騷動，要求自由鑄造銀幣。你可能就要有兩倍的錢需要花囉，萬歲。

瓊斯

曼特回覆：

不惜代價也要否決這項議案。花越多錢阻止越好，全算在我的帳下。

布魯特

P.S.請多寄幾封電報給我，並讓收報人付款。

避寒勝地里維耶拉的旅遊旺季就快進入尾聲，而蒙地卡羅花錢的可能性，對遊艇之旅的主辦人來說具有極大的吸引力，所以他不想在直布羅陀停留過久。但德米夫婦恰好有信件要轉交當地駐軍部隊的官員，布魯特不願錯過任何機會，舉辦了一場豐盛晚宴。這場晚宴之成功，可以從「迅風號」的食物儲藏室隔天全部裝滿新食材這點看出。部隊的官員和夫人全都受邀參加，若不是朋友的阻擋，曼特十分樂意請全軍團的人喝啤酒、吃三明治。

「或許這麼做能夠鞏固英美兩國的同盟關係，」嘉德能說道，「可是你更需要鞏固你的皮夾。」

但是他的皮夾仍大大敞開，嘉德能唯一的慰藉，就是和他有晚餐約會的一名高䠷英國女孩。對其他人來說，補償的理由可就多了，因爲這場晚宴實在很棒，並且爲海上的單調生活注入了新的刺激。

所有的賓客都上岸去後，曼特發現丹先生和丹太太兩人在船尾親密地交談著。

「很抱歉打斷兩位，」他打岔道，「可是身爲我們之中唯一必須負責的監護人，我必須警告兩位，你們的行爲已經引起閒話啦。結婚多年的平淡夫妻竟然獨自坐在這裡賞月！太嚇人了。」

「我投降了，主辦人，」丹嘲弄地說，「但是除非等到你把她還我，否則我會被忌妒心給吞噬呢。」

丹太太看著丈夫離開時，曼特注意到她的眼神。但當她跟他說話時，聲音變得不一樣了，「這趟旅程使他眞正的性格展現出來了呢。」

「畢竟他剛發現，」曼特說，「俱樂部不是世界上唯一的去處。」

「眞是好笑，」她回答，「大家竟然如此誤解丹。你知道嗎？他其實一直在隱藏自己好的一面。在他內心最深處，他是那種輕易就能做一件好事的人。」

「親愛的丹太太，你讓我大吃一驚呢。在我看來，你就好像是又愛上了丹。」

「曼特，」她高亢地說，「你就和其他人一樣盲目。你之前沒有看過嗎？我雖然很愛拈花惹草，可是我總會回到丹身邊。透過與所有男人的相處，我知道他才是我唯一的可能，他是最沒魅力的人。一個人就算擁有一成不變的快樂，仍會想著玩火、找刺激，眞是奇怪呀。我曾因爲玩火而傷了自己一、兩次，但是丹是個好人，他總是幫助我脫離困境。他都知道。沒人比丹更清楚了。說不定，如果我不那麼壞，他就不會這麼在乎我了。」

曼特起初聽得十分困惑，因爲一直以來，他都毫不思索地接受大眾對於德米夫妻之間的關係所抱持的看法。但是，她說這些話時，曾一度眼光泛淚，而且語氣十分令人信服。他難過地發現，自己原來一直都是笨蛋。回想起他和她之間的相處，他突然明白他們之間的關係一直都很清楚明瞭。

「我們對自己的朋友眞是所知甚少啊！」他叫道，語氣有些悲傷。過了一會兒，他說，「丹太太，我一直都蠻喜歡你的，但是今晚我眞是羨慕丹哪。」

「迅風號」在跨越里昂灣時，天氣非常不好。在航向尼斯的途中，一場意外發生了，並成爲這趟旅程第一個眞正的大事。一群賓客聚在船上的大廳裡，正在偷偷談論曼特的「行爲不檢」，雷金．凡德普剛好慵懶地走了進來。他的臉上帶著多天不見的興味。

「我剛剛碰見一件可笑的窘境，」他拉長了語調，說道，「我想問問你們，在那種情況下要怎麼做。」

「是我就會拒絕那個女孩。」李察・凡・溫可簡潔地說。

「老弟，這件事和女人無關，」雷金繼續說，坐了下來。「不久之前，有個小子掉進海裡。」他靜靜地說。大家不約而同地驚呼，布魯特的行爲全都拋諸腦後。「是其中一位船員。他在索具附近做事，靠近我站的地方。呼！他就這麼掉進海裡，不停在水中掙扎。」

「噢，可憐的傢伙。」瓦倫丁小姐說。

「我之前從未看過他，完全的陌生人。我本來絕對不會猶豫的，可是甲板上擠滿了他的朋友。其中一個是和他睡同房的傢伙。所以我眞的沒立場跳下去。他會游點泳，我對他大叫，要他撐住，我會去叫船長來。可是該死的船長不知去哪兒了。有人說他睡著了，所以最後我只好告訴大副。那個時候，我們離他落海的地方已經一浬遠了，我告訴大副，我們回去可能也找不到他了。但是他還是放了幾艘船下去，趕緊回過頭去。之後我得好好思考一下這件事。當然囉，如果我認識他，如果他是你們其中一個，我一定會用不同的處理方式。」

「你可是學校裡最出色的游泳健將耶，可惡的小人！」婁歷思醫生吼道。

大家匆匆跑到上甲板去，凡德普才不配做當代英雄。「迅風號」已經轉過頭來，往回行駛。有兩艘小船正火速前往雷金口中的陌生人落海的地方。

「布魯特在哪裡？」喬伊・布拉格登喊道。

「先生，我找不到他。」大副回答。

「他得知道這件事才行。」瓦倫丁先生叫道。

「那裡！他們在那兒撈起了人。」大副叫喊著，「快看！第一艘船停下來了，他們正在打撈，沒錯，先生，他被救起來啦！」

船上傳來一陣歡呼，小船裡的人揮帽示意。大家全衝到欄杆旁，「迅風號」拉起了小船，船上一陣騷動。大家全都驚訝地倒抽了一口氣。

全身濕透、面帶笑容的曼特・布魯特就坐在其中一艘船上，無力地靠在他身上的，正是那位落海的水手。當時布魯特看見他在海中時，不管他的身分背景爲河，立刻跳下海裡拯救他。當小船靠近他時，他原先毫無意識到身上背負的重量，突然變得十分沉重，力氣幾乎就要用盡。再晚幾分鐘，他們兩人恐怕就要沉入海中。

當他們將曼特拉到船上時，他顫抖著，抓住那隻瘋狂搜尋他雙手的小手，接著轉身察看那位去了半條命的船員。

「請找出這名男孩的名字，亞伯茲先生，並確保他獲得最好的照料。就在他昏厥前，他口中喃喃喊著母親。就連那樣危急的時刻，他都沒有想著自己。布拉格登，」他小聲地說，「請你幫我提高他的薪資，好嗎？嘿！珮琪！小心，你這麼做會濕透的！」

第二十章　國王尋樂

如果說曼特．布魯特對於自己是否能夠花光錢財這一點有所疑慮的話，在他們一行人登陸里維耶拉後，這些疑慮很快就煙消雲散了。布魯特藉口遊艇需要全面清理一番，將賓客全數移到一座靠海但與世隔絕的迷人小鎮，住在一間飯店裡。這間飯店的房間當時已幾近全空，曼特答應賓客包下一樓整層，另有俯瞰蔚藍地中海的陽台與分離的飯廳和客廳，老闆對此幾乎落下歡喜的淚水。他又額外請來僕人，因此，布魯特的僕人制服很快就成了鎮上常見的穿著。曼特威脅珮琪和其他人，說要改租一座別墅，這才使他們不再抗議他的做法。

很快地，整座城鎮就像在招待一位皇家訪客一樣，有好幾家商店比平常開得晚，希望能夠賺到一些美國人的錢。某天早晨，飯店老闆菲力普試著比手畫腳，告訴布魯特擲花大戰有多好玩。對於這行人沒有及時抵達參與這場盛事，他似乎無法表達自己有多懊悔。

「每到那時，這裡會完全不一樣！」他欣喜地說，「非常壯觀！非常厲害！眞希望先生您能看看！」

「我們何不自己來辦一個？」曼特問道，但是這個想法並未被大家所認眞看待。

然而，這位年輕的美國人和飯店主人花了一整個早上祕密策畫著，吃午餐時，他宣布了他們討論的結果，大家都十分錯愕。原來，再過十天，便是某位不太重要的聖人之紀念日，城裡已經有好幾年沒爲他舉辦慶祝活動了。曼特建議舉辦第二次嘉年華，來復興這個習俗。

「你們如果沒看過嘉年華，」他解釋道，「就等於沒來過里維耶拉。這件事不難辦，眞的。我將爲裝飾最棒的馬車和打扮最美的女士各給一份獎賞。每個人都要戴上面具，並向其他人丟擲五彩紙屑。」

「我猜你會使用上千元的法郎來做紙屑，並且將一棟房子當作獎賞。」布拉格登擔心他的挖苦似乎太過冒犯了。

「眞的，曼特，這個計畫太荒謬了。」德米說，「警察不會讓我們這麼做。」

「怎麼不會咧！」曼特開心地說，「警長正好是菲力普的妹夫，我們已經跟他在電話裡談過了。他一開始不願意接受我們的計畫，但是後來我們同意讓他擔任遊行的總負責人，他便點頭了。他承諾警方會配合我們，並且希望他的同事，也就是消防局長，會有興趣一起配合。」

「遊行將由兩名法國憲兵和坐在馬車裡的布魯特一行人所組成，」丹太太笑道，「你是希望我們跟在麵包車的前面呢，還是後面？」

「我們會從飯店觀看遊行，」曼特說，「你們不需要擔心這場活動，一定會很棒的。愛爾蘭人喜歡示威抗議的程度，都不比這些人喜歡辦嘉年華的程度呢。」

曼特才剛動身前往拜訪當地的官員，他的賓客就召開了祕密會議，他們非常想要找個辦法壓壓他的怪異行徑。可是，這場活動實在太過吸引他們了，在他們都還沒察覺之前，他們就已開始爲嘉年華擬定計畫了。

「我們當然不能讓他這麼做，但是這會是個很好玩的活動。」地鐵．史密斯說，「想想法國憲兵和燙衣工人比一場步態競賽。」

「我每次只要一戴上面具，就會感到邪惡無比。」凡德普說，「你知道，老天，我好幾年沒那種感覺了呢。」

「那就解決了！」德米說，「曼特如果知道雷金會變成這樣，肯定會自行取消活動。」

曼特回來後向大家宣布，如果他願意付錢修好鎮政府的屋頂，鎮長就會宣布放一天假。一個正在鄰近城鎮巡迴的馬戲團，亦被邀請來到鎮政府前的廣場表演，並會支付費用給他們。布魯特散發的熱情，讓所有人都不得不幫助他，他的朋友花了將近一個星期的時間，忙著監督凱旋門的建立，同時鼓勵商店老闆盡力準備。雖然這項計畫是以玩樂的心態構思的，但是鎮民們可不這麼認爲。他們十分認眞地對待此事。鐵路官員四處發送廣告文宣，而當地的牧師更對布魯特再次復興那位無名聖人的節日，表達感謝之意。他的感激之情夾雜著奉承與懇求，暗示著曼特，教堂在很久以前就需要一個新祭壇了。

盛大的日子終於到來，沒有任何嘉年華比這一個更加奇特、更爲成功。早上的活動主要是運動競賽和餘興節目。消防員贏得了拔河比賽，曼特模仿馬戲團壯丁的技藝表演，使眾人驚豔無比。德米被拱上台說話，可是他只認識十個法文單字，所以只好下台致謝，將機會讓給鎮長。自負的鎮長抓住這難得的機會，好好說了一番演講。他多次提及富蘭克林和拉法葉，使得地鐵・史密斯猜測，在撰寫演講稿時，他肯定用了橡皮圖章，以便重複印上兩人的名字⑩。

遊行在下午舉行，是當天的高潮活動。人員先後順序的問題，差點將曼特的計畫搞得一蹋糊塗，最後警長才終於被說服，既然他已經擔任總負責人，就應該讓消防隊員走在憲兵之前，那才公平。「迅風號」的船員們出場的表現十分優異，他們由遊艇的樂隊領頭，其演奏在音量上，完全勝過有著「進行曲之王」稱號的作曲家蘇沙，可是在時間上就沒那麼一致了。所有的馬車在最後出場，可是馬車實在太多了，而行進的隊伍又太短，導致有些時候，無論總負責人多麼努力，馬車變成眞正帶領遊行的領頭。

曼特一行人從飯店陽台上，向底下的民眾丟擲鮮花和彩屑。牧師與鎭長暫停遊行，對著曼特發表用仿羊皮紙寫滿講稿的說話，並且再度提到富蘭克林和拉法葉的名字。接著，孩子們唱完歌後，大家紛紛散去，傍晚時再碰面。

晚間八點鐘，布魯特主持一場大型宴會，一一介紹鎭上的顯赫人物。賓客

⑩班傑明・富蘭克林（Benjamin Franklin）是美國革命主要的領導人之一，成功取得法國支持美國獨立；拉法葉侯爵（Marquis de Lafayette）是法國將軍，曾參與美國革命，支持美國獨立。

的夫人們也受激前來，而富蘭克林和拉法葉又再度被提起。每一位男士都至少發表了一次演說，但是地鐵・史密斯的第三次演說卻成了整晚焦點。他只會說英文，前兩次演說也都完全以英語演講，但是第三次、也就是最後一次的演說，似乎應該友善且精采一些。他鞠了躬，以政治家的形象，開始說道：

「各位女士、先生，我有、你有、他有、我們有，」然後比了個華麗的手勢，「你們有。」可是，法國人聽不懂他的發音，以爲他還是在說英文。他們對於他的敬意和優雅印象深刻，給了他熱烈的掌聲。美國人趕緊叫他回到位子上，可是他們的喊叫聲卻被法國人誤以爲是炒熱氣氛，於是掌聲就更大聲了。地鐵舉起手來，示意觀眾安靜，一副打算發表重要言論的模樣。他等到一根針掉到地上都可以被聽見時，才繼續說下去。

「烏鴉大爺高高棲息於樹上⑪……」他結束演說後，被德米和布拉格登高高地舉下台。但是法國人以爲史密斯說了什麼羞辱的言語，所以他的朋友才要

---

⑪地鐵在此引述的，是法國著名詩人拉封丹（**La Fontaine**）的寓言詩〈烏鴉與狐狸〉（〈**Le corbeau et le renard**〉）。這首詩描述了一隻高傲的烏鴉，牠叼著一塊乳酪在樹上休息，因受狐狸諂媚而張嘴唱歌，沒想到乳酪掉下，卻被狐狸撿走。

這樣做，讓他閉嘴。騷亂彷彿一觸即發，但曼特成功地讓平息眾怒，並高明地提了幾次富蘭克林和拉法葉的名字，讓激動的賓客安靜下來。

露天煙火與舞蹈，爲這一夜畫下句點，在面具下，人們開心地跳著舞。一切都進行得很順利，嘉年華的氣氛沒有什麼明顯的差錯。在布魯特眼中，這就像個瘋狂的競賽，他發現到，戴上愚蠢的面具後，角色扮演卻沒有想像中容易。他找不到朋友們，而鎮上少女的風情萬種，帶給他的也只是短暫的愉悅。他站在一旁，看著模糊不清的人們，突然被一聲叫喊給嚇著。他轉身一看，發現有個戴著紅色小面具的女子，看起來相當害怕，正試圖掙脫一位熱情如火的矮小丑。曼特及時趕到，阻止他將女孩的面具撕破，並給他一個教訓，讓他好好領悟人生的艱苦眞諦。他站起來，火冒三丈、氣急敗壞，還被一群人抓住手腕，推來推去地嘲弄著。同一時間，曼特沒注意到自己的面具掉了下來，他感覺紅色面具的小手抓著他的手臂，並驚訝地聽出那副再熟悉不過的嗓音：

「曼特，你眞是好。我喜歡你這麼英勇的樣子，好像一位希臘運動選手。你知道嗎？雖然很蠢，但是我眞的嚇到了。」

「女孩，怎麼會這樣呢？」他輕聲說道，將她帶離人潮，「我的小珮琪竟然沒人照顧。我眞是該死，竟然把你交給佩提。我早該知道那個笨蛋會被這些顏色搞得七葷八素。」他停下來，低頭看著她，眼中閃過一絲光芒。「小珮琪活在大世界中，」他笑著說，「你不適合這個世界。你只需要……你只要有我就夠了。」

但是，瓦倫丁太太剛剛看到了他沒戴面具的樣子，於是便去找珮琪。她告訴她，已經快要早上了，該回到飯店睡覺了。因此，在布拉格登的護衛下，他們不太情願地慢慢晃回了飯店。

直到曼特被叫去救出落入法網的雷金・凡德普時，他才發現原來那位矮小丑就是他。很顯然，他那時並未認出攻擊他的人是誰，但卻被後來的衝突嚇得魂不附體。可憐的男孩臉上都是瘀青，要不是被逮捕，恐怕會接受更可怕的懲罰。

「我早就告訴你我不能戴面具嘛！」曼特把他帶回家時，他可憐兮兮地解釋，「我怎麼知道他注意到了我。」

嘉年華隔天，布魯特帶著客人來到了蒙地卡羅。他打算在此停留，試試賭桌上的運氣，並且盡量輸錢，以彌補在海上那幾天沒什麼花錢的日子。他將史威瑞根・瓊斯拋諸腦後，抵達沒多久就開始行動。起初他輸得很慘，努力藏好內心的喜悅。珮琪・葛瑞一直盯著他，輕聲拜託他不要再賭了，但是丹太太倒是很興奮地慫恿他繼續，期盼轉運的時候。珮琪相當苦惱，因為他竟然聽從丹太太魯莽的建議。他的處境十分緊迫，所以他覺得自己不能不賭。但是，他的賭運很快就轉向了。

「我不能承擔放棄的風險，」他悲傷地對自己說，「我現在已經贏了五千了，不管怎樣至少也要將這五千元脫手。」

布魯特在那些不賭博的客人中，成了注目焦點，人們對於他的好運十分訝異。輪盤每次轉動時，他臉上那種興奮、焦慮的急切表情，總讓人誤以爲他有多渴望贏錢。他選擇坐在一位英國女公爵的旁邊，她總是從菜鳥玩家手中把錢搶走。他發現到錢正被她巧取豪奪。他打算忙繼續幫她，但是當他正要將一大堆錢往她那邊送時，德米阻止了他。他一直在觀察那位女公爵，並且請莊荷⑫注意一下她的詭計。但是這位面無表情的莊荷卻驚訝地說，「這可是公爵夫人哪！您想要拿她怎樣？」

德米可沒那麼容易放棄，他在曼特的椅子後面觀看賭局，並抓住機會警告他。

「曼特，你最好趕快兌現，換個座位。他們在搶你的錢！」他小聲地說。

⑫負責發牌、擲珠的賭場員工。

「在我遙遙領先時兌現？我才不幹！」曼特盡可能裝出開心的口氣。

一開始時，他毫無策略地玩，把一大堆錢押在看起來最不可能贏的數字上，可是他就是輸不了。後來，他試著反向操作不同的策略，結果反而贏錢。最後，他乾脆將雙倍的注全押在同一個顏色上，希望最後可以輸。但是，他的命運反抗了他。他所有的賭金都押了紅色，而珠子也不斷落在紅色的格子裡，最後莊荷只能宣告莊家的錢已全數被他贏走。

德米把贏來的錢拿來數，總共贏了四萬元，接著再交還給曼特。他離開了賭桌，他的朋友全都非常高興，卻不懂他爲何看起來那麼沮喪。他心裡痛罵自己爲何不聽從珮琪的勸說。

「曼特，我很高興你沒有在我叫你停止時照做，可是，你的好運無法改變我認爲賭博和偷竊沒兩樣的看法。」他們一起去吃晚餐時，珮琪勉強地說。

「眞希望我有聽你的話。」他鬱悶地說。

「聽我的話，然後失去你能贏得的錢？曼特，你好傻喔！如果眞是如此，你會輸好幾千元的。」她抗議道，但口氣和所說的話完全不同。

「可是，珮琪，」他靜靜地說，看著她的雙眼，「那麼做就可以贏得你的尊敬。」

——第二十一章—— 仙境

曼特的處境十分危險。嘉年華只花了他六千元，而玩輪盤贏得的錢，似乎也沒有任何機會可以消耗殆盡。他在蒙地卡羅的慘痛經歷使他不敢再嘗試，而珮琪對那個地方則抱持明顯的反感態度。里維耶拉已經沒有揮霍金錢的新機會了，勢必要尋找其他地方才行。

「我終於明白『銀根緊縮』這詞的眞正含意了，」曼特心想，「老天，要是銀根能寬鬆一點，並且一直寬鬆下去就好了。」他了解到，若想掙錢，一定得想辦法做點什麼。或許，義大利會比其他地方更容易揮霍金錢。他從各個層面研究這麼做的可能性，但是有時卻感到毫無希望。旅遊指南完全缺乏揮霍金錢的建議，書中毫無經濟價值的內容，使得曼特感到不耐。他翻閱一些介紹義大利湖泊的章節時，突然靈光乍現，想起佩提十分喜愛科莫湖畔的一座別墅。

他立刻就為自己的劇本構想出新的一幕。他找來佩提，請他描述一下這座空中城堡。

「噢！它真是個奇觀，」這位藝術家嘆道，雙眼迷濛起來，「它雪白的露臺和塔樓，彷彿會對著你發光，就像麥克斯菲爾德．派黎思⑬為孩子們畫的那些夢幻城堡一般！它是一處仙境。就好像一覺醒來後，它就不見了。」

「噢！佩提，別說啦，」布魯特說，「再說下去你會越來越詩意。我想知道是誰擁有這座城堡，還有這個季節有沒有可能入住？」

「它是一位女侯爵的城堡，這位女侯爵是個寡婦，沒有孩子。他們說她因為某種原因，對那座城堡有一種恐懼，所以從不靠近它。但是城堡維持得很好，彷彿她隔天就會造訪似的，然而除了僕人，裡面一直無人居住。」

「我想做的，」布魯特宣布，「佩提，就是在那裡留宿一陣子。」

「曼特，你最好別這麼做。我認識一個人，他看見那個地方後，試了一年都買不到。那位女士很有原則。」

⑬美國著名的插畫家及藝術家，繪畫風格夢幻、唯美、浪漫、飄逸，用色大膽。他時常為童書繪製插畫，作品十分受人喜愛。

「這個嘛，如果你想教他如何處理這類事情，就看我怎麼做。你要是不能在你的夢中城堡度過兩星期，那我可要解散大家、返回家鄉了。」他知道了城堡主人的名字，佩提甚至還隱隱約約記得她的仲介人住在哪裡。有了這些資訊，他出發尋找一位私人隨從。菲力普替他找到一位名叫貝迪耶的法國人，非常擅長提供花錢妙方。布魯特將任務交給了他，貝迪耶相當開心，因爲他終於找到一位志趣相投的客戶了。他找到了女侯爵仲介人的詳細地址，並馬上收到了對方的詢問電報。

任何人都會對仲介人的回覆感到沮喪，可是布魯特並沒有。信中說，屋主不管在什麼時候，都不想將那座棄置的城堡租給他人。曼特得知，那種城堡一個月的租金大約是一萬元，於是他便傳了電報，表示願意出五倍的價錢來承租兩個禮拜。仲介人回信說他需要延後答覆，因爲得花點時間與屋主溝通看看。布魯特可不能接受延後這個詞，於是他傳了一個位於熱那亞的地址給他，準備乘著「迅風號」出海。蒸汽不停冒出，「迅風號」的煤量簡直可比一艘遠洋客輪。布魯特多支付飯店一個月的租金，使得菲力普開心到喘不過氣來，認爲這行人隨時都有可能回來入住。小鎮爲布魯特一行人開心送行，就像送走皇室成員一樣。

在熱那亞時，信件不斷抵達，吸引著整艘船上賓客的注意。別墅的女主人持續拒絕布魯特優渥的租金，使他十分氣餒。他趕緊將租金提高到十萬法郎，此舉贏得了隨從貝迪耶終身的忠心。這樣的價格同樣遭到拒絕，使得他不得停下腳步，和貝迪耶進行認真的討論。

「貝迪耶，」布魯特叫道，「我一定要租下它。我該怎麼做？你一定要幫幫我。」

但是這位隨從手勢雖然很豐富，可是卻提不出一點中肯的建議。

「一定有什麼方法可以搞定這個女侯爵的，」曼特邊苦思邊說道，「她有什麼喜好？你對她了解嗎？」

突然，他的私人隨從眼睛一亮，「有了！」他說，但是卻開始結巴，「可是費用……先生，費用很高的。」

「說不定我們辦得到，」曼特靜靜地說，「你想到了什麼？」

比手畫腳一番後，貝迪耶清楚解釋了他的想法。他在佛羅倫斯時，曾聽說這位女侯爵喜歡汽車，可是她的錢財不夠，所以還沒滿足這個願望。她在冬天使用的那台一點也不時髦，說不定先生可以……可是實在太貴了……

但是布魯特已經下定決心。「傳電報給那個傢伙，」他說，「告訴他我要再加上一輛最新款、最優質的法國汽車。還要告訴他，我要馬上得手。」

辦完此事後，一行人立刻搬進城堡仙境中。當然，大家還是有所抗議，但是布魯特早已有所準備，並學會高壓處理。貝迪耶比他們早一步抵達，因此他們受到別墅管家和數不清的僕人義大利式的熱烈歡迎，他們十分歡迎有人闖進他們單調乏味的生活裡。

這棟迷人的別墅，以及它下到輕柔湖面的斜坡，使得一切批評靜了下來。有好一段時間，什麼也不做就能令人感到無限滿足。佩提到處閒晃，彷彿不敢相信這是眞的，並且沉浸在一種狂喜的氛圍裡面。至於其他人，雖然沒像他這麼激動，卻還是有種置身天堂的感受。快樂的人會在此找到更深沉的幸福，而悲傷的人則可感覺到輕柔的哀傷。丹太太告訴布魯特，只有詩人才能寫出這座城堡的美。珮琪也說，「離開這裡後，一切將不再令人期待。曼特，你屆時最好帶我們回家。」

「我覺得自己就像一個小男孩，受到懲罰關進衣櫃中，卻發現衣櫃藏了好多果醬。」地鐵說，「就好像擁有一整座中央公園一樣棒。」

馬棚設備良好，日子在一種美好的平靜中度過。在一個陽光普照的午後，喝完下午茶後，布魯特一行十二人騎著馬，出發前往盧加諾，曼特決定趁機讓珮琪・葛瑞好好解釋清楚。他很確定，這幾個星期以來，她一直刻意躲著他，但他不曉得原因爲何。他常常清醒地躺著，思考他究竟哪裡惹她不高興了，但是每個可能的片刻卻都不是眞正的答案。蒙地卡羅事件貌似最有可能，但是在那之前他就有注意到，每當他靠近她，她便試圖和其他人說話。他十分肯定，她有兩、三次發現他的意圖時，就趕緊躲到丹太太、瑪莉・瓦倫丁或佩提那兒去。佩提的名字讓曼特震了一下。會不會就是他介入了他們之間？這個想法困擾著他，但有時候他又覺得那不可能。他們上馬啓程，騎馬的快活使他升起一股希望。他們將要在數哩外的一間修道院遺址山下，享用露天晚餐，僕人已先遣去準備了。晚餐很棒，有了丹太太的幫助，整個氣氛十分歡樂。回程途中，落在隊伍後頭的曼特策馬追上了珮琪。她似乎很想加入其他人，但他馬上開啓話題。

「珮琪，你知道嗎，」他開始說，「我們之間好像不太對勁，我在想是爲什麼。」

「曼特，你這話是什麼意思？」她停了下來。

「我每次一靠近你，女孩，你好像都在忙別的事。如果我跑去加入你和其他人，你就會走開。」

「胡說，曼特，我爲何要躲你？我們認識這麼久了，才不會這樣子。」他察覺到她眼中的矛盾。她很怕他，怕他挑起的話題，並且極爲害怕背叛。

「佩提或許很吸引你，」他說，聲音十分嚴肅，「但你至少也該對我禮貌一些。」

「曼特・布魯特，你會不會太可笑了！」她開始生氣了，「你不要認爲，你有那一百萬元，就讓你有權控制所有的客人。」

「珮琪，你怎能這麼說。」他打斷她。

她堅持說下去，「如果我的行爲妨礙到你高尚的快樂生活，那麼我可以去巴黎加入那群普勒斯頓人。」

突然間，布魯特想起佩提曾經提過那些普勒斯頓人，並且說他希望能和他們一起在巴黎的拉丁區生活。「我猜是和佩提一起去吧，」他冷冷地說，「這樣你肯定就能多點隱私了。」

「丹太太也能有更多機會了。」她回嘴道，曼特轉身回到其他人身邊。

佩提馬上就塡補了他的位置。他邀她來場騎馬競賽，兩個人在月光下快速奔馳著。不甘心的布魯特追在他們後面，過沒多久，他的馬兒被路上的黑影嚇得劇烈倒退。接著，他發現珮琪的馬兒在無駕駛的情況下疾馳。他立刻感到一陣恐懼，趕緊下馬來到珮琪身邊。他們發現她並未受傷，只是有點擦傷、驚嚇和跛腳。馬的肚帶斷了，馬鞍也歪了。大家沉默又驚訝地等著僕人駕著馬車前來，將她安頓在車內。丹太太的女僕也在那兒，珮琪堅持要由她照顧。曼特協助她上車時，輕聲在她耳邊說道，「女孩，你不會離開我，是嗎？事情怎麼會變成這樣？」

第二十二章　王子與農民

布魯特無法繼續承受仙境所帶來的寧靜，於是他與貝迪耶不久便計畫逃離此地。他答應買給神祕女侯爵的汽車，給了他別的點子。在義大利進行一趟馬車之旅，看樣子是必要之舉，但是好的馬車很難在當地找到，馬匹的更換也不確定，所以從巴黎將馬車運來自然就是最簡單的選擇了。仔細思索過後，他發現他必須全數買下這些馬車，否則租借五輛車子的行爲，將會嚴重考驗他的信譽。因此，貝迪耶下了一筆大訂單。這使得製造商難以應對，並造成一些顧客的抱怨連天，因爲他們的訂單必須因此延遲。貝迪耶安排妥當，讓車子可以在六週後以大幅降低的價格收回。車子馬上就出貨了，五輛運到米蘭、一輛運到佛羅倫斯那位神祕女侯爵的家中。

對曼特而言，改變這棟別墅的田園風光是個極大的後悔，因爲這個地方的魅力已深入他心。然而，強烈的責任感，加上來自巴黎的司機和馬車即將在星期一抵達米蘭，卻使他不得不狠下心來。賓客順從地接受了撤出城堡的宣布，使他大感驚奇。他忘了，這些容易擔憂的客人們並不曉得不久後，還有更糟糕的揮霍情事。他帶他們搭火車到米蘭，居住在豪華的卡弗爾飯店。在這裡，他發現揮霍浪子的名聲比浪子本人還早抵達，飯店的胖主人對他十分尊敬而殷勤。大家都很懊悔，因爲他們來得太遲，沒來得及聆聽某個藝術團體在斯卡拉歌劇院的美妙歌聲。活動才剛落幕。一個大好機會因此錯過，使得布魯特十分惱火。他大肆嘲諷貝迪耶一番，雖然使後者怨恨難消，但卻具有很大的影響。這位私人隨從在非常時刻證明了自己的能力。他發現該團體的經理和主要的藝術家仍待在米蘭，於是建議布魯特舉辦一場特別演出，雖然很難辦到，但是仍有可能。布魯特抓住這個機會，授權與他一切權力進行安排，並要他包下整間歌劇院，舉辦一場私人派對。

「可是歌劇院看起來會很空蕩。」隨從嚇得趕緊反對。

「在裡面擺滿鮮花、掛滿繡毯，」布魯特下令，「我將這件事交到你手中，並相信你能好好處理。讓他們看看這場派對會是什麼樣子吧。」

想到這個絕佳良機，貝迪耶的內心十分澎湃。他覺得他的名聲已經在義大利建立起來了。他很驕傲能夠漂亮地處理這些事，這些事前準備喚醒了他生疏但卻靈巧、圓滑的處事能力。要進行歌劇院的裝潢時，他找來了佩提協助，他們一同指揮，將大部分的空間以布幕隔開，以便將空間縮小成適合居住的大小。有了鮮花和燈光、繡毯和褪色的旗幟，這裡變得與平時那間空蕩蕩的歌劇院截然不同的地方。

義大利人錯愕地看著一切準備匆匆完成，一行人抵達米蘭的隔天晚上，布魯特便鄭重地將朋友帶到斯卡拉歌劇院。一切都很成功，他在不經意的情況下，爲這個城鎮帶來多年未有的奢華感受，引起了許多人的好奇。瓦倫丁太太和曼特坐在同一輛馬車裡，納悶著他們爲何吸引這麼多人的目光。

「他們以爲我們是美國的公爵和夫人，」曼特解釋道，「他們從未看過白人。」

「他們說不定以爲我們會坐在水牛上，」丹太太說，「車上還帶著印第安俘虜。」

「不，」地鐵．史密斯說，「我好像在他們的臉上看見失望之情。他們希望看見王冠、權杖和大把金幣。曼特，你玩這遊戲的方法可不太對。我可以親自教你怎麼扮演君主：騎著一匹白馬，帶著一些身著華麗制服的吵鬧侍從，然後要朝各個方向高貴地點點頭，而卑微的我則在後頭負責灑銀幣。」

「我眞好奇，」丹太太叫道，「他們有時候會不會厭倦君主這個身分。你能想像住在皇宮卻仍嚮往茅草屋的感覺嗎？」

「一定很常如此。」地鐵笑著回答，「我們自己不就試過了嗎？兩個月的生活，除了肥滋滋的小牛，什麼也沒吃，眞是讓我受不了。曼特，如果你不放慢一下腳步，我們回家肯定會消化不良喲！」

接著，丹太太想到一個計畫，並馬上著手展開。她邀請全部的人隔天晚上一起吃飯。曼特說，他們下午就要離開米蘭，還說這是他的行程，他很自私，但他一定要照著自己的想法做。

但是丹太太非常堅持。「親愛的孩子，你不能每分每秒都按造自己的方式做事啊。再過一個月，你就會被寵壞囉。我得阻止這種事發生才行。我的責任很清楚。就算我必須採取強硬手段也好，你明天非得和我吃飯。」

曼特只得認輸，感激地接受她好心的邀請。不久，他們在歌劇院門口停下，受到可比富翁規格的待遇，被恭敬地帶領進去。歌劇院的裝潢極爲豪華，使布魯特與他困惑的客人大爲震懾。看樣子，阿拉丁已超越了自我。歌劇院是那麼的壯觀，使得他們一段時間過後，才得以好好欣賞歌劇《阿依達》。這齣歌劇的熱情，是只有義大利藝術家方能帶出的。

最後一次中場休息時，布魯特和珮琪在休息室說話。自從騎馬那天後，他們便沒說上什麼話，但是曼特開心地發現，她有好幾次都刻意躲著佩提。

「離開科莫湖時，我還以爲我們放棄了仙境，但是現在我相信其實你一直將它帶在身邊。」她說。

「這裡討厭的是，」曼特回道，「太多人在這附近了。我的仙境和這裡不太一樣。」

「曼特，你的仙境會以黃金建造，並鋪滿白銀。你將坐在一間雪花石膏蓋成的辦公室裡，整天剪著債券。」

「珮琪，你也覺得我很庸俗嗎？我知道這是一場討厭的遊行，但是我不能現在停止。你不明白讓這場遊行運行的動力爲何。」

「你的行爲落人口實，」她插口，「但你是那麼慷慨，而非庸俗。只是我很擔心，曼特，我眞的非常擔心。我考慮到的是未來的事，你的未來，它就要被敗光了。這種事情不能再繼續下去了。揮霍之後會剩什麼？你只是在浪費你的錢，沒有好好經營無限可能的人生。」

「珮琪，」他非常認眞地說，「你必須相信我。我眞的不能罷手，但我將來會告訴你一切的。你最後一定不會對我失望的。」

她看著他，感到十分疑惑。「我相信你，曼特，」她說，「我不會忘記的。」

下一幕的布幕升了起來，歌劇的尾聲產生一種效果，似乎讓這兩個人變得十分緊密。當他們離開劇院時，珮琪感覺有些懊悔。「眞是完美的一齣戲，」她深吸一口氣，「但是，曼特，別人沒機會欣賞，不是很可惜嗎？想想那些貧困交迫的農民，他們是如此喜愛音樂，卻從未聽一齣歌劇。」

「這個嘛，他們現在有機會啦。」曼特說道，但他覺得自己隱藏起這麼做的主要動機，就像一個僞君子。「我們明天晚上再重演一次歌劇，並將整間劇院擠滿農民。」

他的確言而有信。隔天，貝迪耶接到這個任務，和他的喜好差遠了，但是在地方官員的協助下，他成功辦好了。他們覺得這個行爲實在太瘋狂了，但是因爲涉及到不少金錢往來，所以也只好容忍下來。歌劇院的經理就沒那麼容易滿意了，他極度擔心裝潢會有所損壞。不過布魯特發現，在義大利，黃金是任何疑難雜症的萬靈丹，而他開的黃金藥方十分慷慨，所以什麼都解決得了。那天白天對他而言十分短暫，因爲珮琪對於這件苦差興趣濃厚，堅持要親自下去準備忙碌的前置工作。曼特很喜歡這種和珮琪一起合作的感覺。

珮琪難過地發現，德米家的晚餐和演出的開場在時間上有所衝突，但是曼特安撫她說，吃完晚餐，就會緊接著去看歌劇和那些農民觀眾。白天時，丹太太忙著準備她的大餐，但是沒有讓人發現她的一切計畫。八點鐘，它們在斯卡拉歌劇院附近的柯娃餐廳揭曉，晚餐就在餐廳的花園舉辦，伴隨著美妙的音樂。然而，丹太太眞正使賓客們驚喜的，是她製造的簡單效果。他們預期吃到各種豪華料理，卻沒預料到如此簡樸的菜餚。服務生依序端上了燉肉清湯、義大利麵、碗豆豬扒，以及餐後沙拉和咖啡，大家的感激之情溢於言表。地鐵．史密斯熱情地大叫一聲，說應該要頒發一張表揚狀。

曼特尖酸地抱怨，說他自己從未收到任何一張，還抗議說這種晚餐根本不值得表揚。

「你爲何需要受到表揚？」佩提說道，「你可是從水龜和洋薊跳到肋排和菊苣耶！你何時讓我們吃到這種瓊漿玉液和珍饈美味了？」

大家一致同意地鐵的建議，曼特只好認輸，答應頒發表揚狀給丹太太。這件事完成後，珮琪與瓦倫丁太太、布魯特與佩提一起走到斯卡拉歌劇院，聽完《阿依達》的最後兩幕。雖然內容一樣，但是觀眾不同，掌聲也不一樣。

隔天正午，巴黎來的司機向他進行報到，五輛閃閃發光的馬車就這樣駛過人群，前往威尼斯。他們途經布雷西亞、維洛那和維琴察，在馬車駛過之處，撒下大量白銀，留下屏住呼吸、驚嘆連連的路人。布魯特發現這樣的步調似乎太快，待他們抵達威尼斯之時，他開始渴望放慢腳步，好好遊覽這個壯麗的國家。「但這不過是一趟出差之旅，」他心想，「我不能冀望好好享受。有天我會再次回來，用不同的方式遊歷此地。我可以花好幾個小時坐在運河的平底小船上，只希望到時這該死的東西不會變貴。」

就在他這麼想時，一封花費三百二十四元的電報傳來，使他從月光下的運河美夢醒來，猛然想起自己的重責大任。信中一字不差地描寫了聖經中按才幹交付責任的寓言故事⑭，並在信末附上那個簡單的署名「瓊斯」。

⑭這篇比喻出自《馬太福音》第二十五章的第十四到三十九節。其中第二十九節說到：「凡有的，還要加給他，叫他有餘；凡沒有的，連他所有的也要奪去。」這被用來表示貧者愈貧、富者愈富的現象。瓊斯在此應是暗示布魯特他的錢財將越花越多。

第二十三章　酋長的示愛

夏季並非造訪埃及的好季節，但是曼特和他的客人很想看看非洲北部的海岸，即使一小部分也好。因此，大家決定在雅典過後，將「迅風號」航向南邊。成功達成的馬車之旅在佛羅倫斯結束後，他們在那不勒斯與遊艇會面，並匆匆拜訪了羅馬。七月中旬左右，這行人離開了埃及的酷暑，他們還挺喜歡它的炎熱天氣的。剩不到一個月就要返回紐約了，布魯特估算一下時間和距離，發現還是有很多錢沒花完。隨著九月的逼近，他開始習慣性地遺忘史威瑞根・瓊斯這號人物，然後每當發現時間快速流逝時，才又想起他來。他開始他所謂的「垂死掙扎」，十分恐懼「這一百萬元將死賴著不走」。因此，如果客觀、平靜地看待，最後這些日子其實是十分精采絕倫的。可是，每一個人都暗自祈禱「迅風號」可以快點航行在廣闊的大西洋上，不會再有更糟的放蕩情事發生。在亞歷山卓時，布魯特致信給一些當地的英國紳士，並再次成功超越阿拉丁的稱號，舉辦了不少娛樂活動。

在其中一次娛樂活動中，有位賓客來自內陸，是名阿拉伯酋長。他是個魁梧又熱血的傢伙，後宮佳麗無數，之所以邀請他，其實是出自好奇心，而非尊敬。當他上了「迅風號」時，曼特相信他的邀請是對的。穆罕默德非常好玩，船上的女人是如此地吸引他，以致於他的頭因爲東張西望而扭到時，大家一點也不意外。他對珮琪・葛瑞一見鍾情、無法自拔，但是，秉持著從未遭拒的君主應有的鎮靜，他隔天派人告訴布魯特，「將她請出來」，他要迎娶她。曼特原本怒氣沖沖，但他馬上明白，他應該以圓滑的手腕對付他的求愛。他試著向這位酋長解釋，葛瑞小姐無法接受他欲賦予給她的榮耀，但是穆罕默德可不習慣自己的要求遭到回拒，尤其是和女人相關的事。他自滿地宣布，他將在下午登船，和珮琪好好談談。

布魯特盯著這位黝黑的紳士，眼裡帶著毫不掩飾的憎惡。光是想到這個醜陋的怪物要碰到小珮琪的手，就讓他非常氣憤，不過，這個狀況倒也蠻好笑的。他的腦海浮現出珮琪聽著酋長告白的畫面，忍不住笑了起來。這位阿拉伯人誤會了他，還以爲這個笑容是友好與鼓勵的表示。他想要送給布魯特一只戒指作爲友誼的信物，但是他回絕了這份禮物，也拒絕替他帶一袋珠寶給珮琪。

「我要讓這個老小子上船來，讓他知道珮琪是怎麼輕視他的。」他下定決心道，「不管這件事多令人不快，畢竟不是每個女孩都可以說，曾經有個東方君主向她求婚。要是這個騎駱駝的傢伙做出什麼無禮之事，我們把他丟進海裡就成了。」

他盡可能維持禮貌，邀請酋長上船，並請葛瑞小姐出面。穆罕默德對於這個暗示感到十分不解，因此他覺得必須誠懇地請求得到自己想要的東西。布魯特將這件事情透露給和他一同上岸的李察·凡·溫可與地鐵·史密斯，他們三人同意把君主的求婚意圖作爲一個驚喜，不讓珮琪知道。凡·溫可馬上回到船上，但另外兩人則繼續在岸上購物。稍晚回到「迅風號」時，他們發現甲板上有些不尋常的騷動。

原來，他們離開後不久，穆罕默德也沒耽擱任何時間。他召集了隨從、挑選了一些被後宮退回的貴重禮物，接著毫不拖延地往船上出發。「迅風號」的船長嚴肅地盯著這群快活的阿拉伯人上船，接著將大副找來。他們一起觀看這場登船儀式。幾位深褐膚色的使者先行上船後，宣告偉大酋長的到來。酋長靠近船側時，培里船長上前迎接他，卻被後面的侍衛給推到一旁。五十位黑黝黝的傢伙擠上了船，最後才是象徵著浮華與自負的酋長本人。

「她在哪兒？」他用母語問道。船上的乘客此時注意到有人來訪，開始零星來到甲板，好奇地看著。「你們這樣大陣仗來到我的船，究竟有何不良企圖？」培里船長現在十分生氣地質問道，把幾位船員推到一邊，面對這位笑容滿面的求婚者。一位通譯在這個危機時刻現身，勇敢的船長最後終於明白他們造訪的目的。他當著酋長的面哈哈大笑，並告訴大副找來幾位水手趕走這些「外國佬」。幸好李察・凡・溫可及時介入，讓場面恢復平靜。這趟旅程已將李察變成一位快樂又陽光的男孩，所以他自然而然和瑪莉・瓦倫丁說了這個祕密。他一上了船，就告訴她這位酋長的求婚意圖，而李察一走開，她就把這個消息洩露給珮琪知道。

布魯特發現這位酋長堂而皇之坐在甲板，不耐煩地等著他的愛人現身。他不曉得她叫什麼名字，但是他冷靜地命令李察召來船上所有的女人，好讓他從中找出珮琪。凡・溫可和布拉格登知道這個祕密，所以打算在曼特上船之時，讓女士們走過穆罕默德身邊。

「他看見珮琪了沒？」他問凡・溫可。

「還沒，她還在換衣服。」

「那我們就等著看她被嚇一跳後，會對他說些什麼。」曼特笑道。

就在這時，酋長發現了珮琪，她就像幅畫一樣美麗，慢慢靠近這群奇怪的人。令她大吃一驚的是，兩位奴隸突然跑向前擋住她的去路，還因此把頭撞到甲板好幾次，起身後，獻了兩條美麗的項鍊給她。雖然她對這次求婚有所準備，但這些舉動仍使她倉皇失措。她倒吸一口氣，茫然地看著四周。她的朋友開心地笑著，而酋長則將雙手放在自己撲通撲通跳的心上。

「這位登徒子正為愛所苦呢。」李察・凡・溫可同情地說，而布魯特則笑了起來。聽見他的笑聲，珮琪馬上堅決起來。她直直地走向酋長。她的雙頰紅通通的，雙眼閃爍不定。那兩位褐色皮膚的奴隸帶著珠寶跟在她後頭，但她完全不予理會。雖然她試圖勇敢，但在看著這位熱切的阿拉伯人時，卻還是無法忍住厭惡的感覺顫慄全身。

優雅、纖細的她站在雄壯的穆罕默德跟前，即使有這麼多圍觀者，依然無法稍減他火一般的熱情。砰地一聲，他跪了下來，對於自己成功維持一種詩意的平靜，而搖晃了一下。接著，他開始滔滔不絕地用法語、英語和阿拉伯語，加上極為扭曲、幾近可怕的面部表情，來述說他的傾慕之情。

「噢！偉大太陽的喜悅之源、在我眼裡唯一的珠寶，請你傾聽穆罕默德的乞求！」他說話的語氣，就像在指揮軍隊戰鬥，而非在索求女士的愛與柔情。

「我爲了你前來，大海、土地和天空之后！我的船隻在此、我的駱駝在那，穆罕默德向你承諾，將賜予你一座位於太陽照射之丘的皇宮寶殿，只要你願意讓他永遠沐浴在你的笑容之中！」這些字句夾雜著各種程度極糟的語言，這幾句話來被地鐵‧史密斯形容爲一盤沙拉。他的扈從們鞠了大大的躬，有兩、三位無禮的美國人大力地鼓掌叫好，彷彿在看一場精采的喜劇演出。水手們有的掛在索具上、有的爬在吊杆上、有的則趴在甲板的屋頂上。

「珮琪，快對這位紳士笑啊，」布魯特開心地說，「他想要沐浴一下。」

「你眞是無禮，布魯特先生，」珮琪冷冷地轉向他，說道。然後她對期盼已久的酋長說：「您說這些甜言蜜語是什麼用意？」

穆罕默德遲疑了一會兒，轉身詢問通譯，通譯向他解釋她的意思。在接下來的三、四分鐘裡，空氣中充斥著用拙劣的英語、糟糕的法語和流利的阿拉伯語所說的「非洲珍寶」、「星辰」、「陽光」、「皇后」、「天堂之喜」、「沙漠珍珠」等字眼。他不斷對她許下就算他活到一千歲也不可能實現的誇大承諾。最後，這位求愛的酋長深吸一口氣，將面部擰成一種皮笑肉不笑的表情，然後以精準的英語，伸出他的王牌，聽起來似乎是「你是個漂亮小妞。」

白人觀眾無禮地哄堂大笑起來，還有一位掛在索具上的水手突然想起家鄉，吹起〈星條旗之歌〉的幾個小節。

完成了求婚儀式後，酋長起身往回走，並冷冷地示意她跟上。就他的部分而言，事情已經結束了，但是珮琪的心就像鐵鎚一樣撲通跳著，雙眼充滿興奮之情，並請他稍等一下。

「我很感激這個至高無上的榮耀，但是我想要求一件事，」她清晰地說。

穆罕默德不確定地停下腳步，感到有些惱怒。

「這個異教徒就要被叱責一番了。」曼特輕聲對丹太太說。

一第二十四章一 酋長的計謀

珮琪對著酋長迷人一笑，並很快地瞄了一眼笑容燦爛的瓦倫丁小姐，對方鼓勵地點點頭作爲回應。

「您能否給我一些時間，下去收拾我的行囊，好將它們送上岸邊？」她天眞地問。

「晴天霹靂！」曼特倒抽一口氣，「這可不是在拒絕他啊！」

「曼特・布魯特，你是什麼意思？」她說道，轉頭用那閃爍不定的眼睛看著他。

「還需要問嗎？你在鼓勵那個老男人！」他抗議道，每一個字都顯露失望之情。

「如果我就是在鼓勵他呢？這不是我的私事嗎？我想我應該沒猜錯，他剛剛是在問我要不要做他的妻子。如果我願意，那我不是有權利接受嗎？」

布魯特一副難以置信的模樣。他不敢相信她是認眞的，但是卻有種可怕的感覺，覺得這個玩笑讓他得到報應了。其他人瞪著臉紅的珮琪，屏住呼吸靜待事情的發展。

「戲弄這個傢伙是行不通的，珮琪，」曼特靠近她說，「別煽動他，要是他發現你在捉弄他，他說不定會大動肝火。」

「曼特，你眞好笑，」她耍脾氣地說，「我才沒有在捉弄他。」

「這樣的話，你爲何不叫他走開？」

「我沒看見那個傢伙被叱責耶。」李察煩惱地說。酋長不耐煩地對通譯說了些什麼，並要他重複一次給珮琪聽。

「先知穆罕默德之子希望你能加快腳步，世界之后。他不想再等了，要你立刻跟他走。」

珮琪縮了一下，責難地瞄了一眼皺著眉頭的酋長，可是才一下子，便又變得笑容可掬，轉身走下樓。

「天殺的！你要上哪兒去，佩琪？」婁歷思大叫，他是第一個眞正害怕起來的人。

「打包東西到我的行李箱裡呀！」她輕快地說。「瑪莉，你可以和我一起來嗎？」

「珮琪！」布魯特生氣地吼道，「別太超過了！」

「曼特，你應該早點開口的。」她靜靜地說。

「瑪格莉特，你要去哪裡？」丹太太叫道，驚訝地張大眼睛。

「我要嫁給先知穆罕默德之子，」她堅決地回答，每個人都倒抽了一口氣。不一會兒，她被一群激動的女人團團圍住，培里船長用他鴻鐘一般的嗓音召集水手們。

布魯特擠到她身邊，臉色十分蒼白。

「佩琪，這不好笑。」他說，「快下去，我來對付酋長。」

就在此時，這位魁梧的阿爾及利亞人決定維護自己的權威。他不喜歡自己的愛人被這些「白狗」這樣對待，於是便派了兩名持矛士兵衝向布魯特，對他生氣地大罵。

「給我退後，你們這些白癡，否則我就揍扁你們的頭！」布魯特加重語氣說道。

直到此刻，珮琪才意識到，她和瑪莉故意要懲罰布魯特而演出的小鬧劇，原來會造成這麼嚴重的後果。恐懼突然取代嘻笑，她緊緊抓著曼特的手。

「我是開玩笑的，曼特，我只是開玩笑而已。」她叫道，「噢！我究竟做了什麼？」

「都是我的錯，」他說，「但是我會保護你的，別怕。」

「滾到一邊去！」酋長威嚇道。

情勢十分危險。那些女人們嚇得不敢逃，站在原地呆住了。水手們急急忙忙湧上甲板。

「給我下船！」曼特冷靜但凶狠地告訴那位通譯，「不然我就把你和你們這群暴民全都丟進海裡。」

「冷靜點！冷靜點！」地鐵・史密斯急忙說道。他站在布魯特和氣憤的求婚者之間，避免了嚴重的衝突。當他和酋長談判時，丹太太趕忙帶著珮琪到甲板下一處安全之地，一群發著抖的女人跟著她們。可憐的珮琪幾乎就要哭了出來，她楚楚可憐地看著布魯特，他正擋在她與急著追上她們的酋長之間，珮琪的眼神重擊著他的心，使他願意爲了她不惜獻身奮戰。

他們花了將近一個小時，才讓這位阿爾及利亞人相信，珮琪誤會了他的意思，而且追求美國女子不能用非洲的方式。最後，他終於和全部的隨從一起離開，情緒極爲不滿且忿恨不平。一開始，他威脅說要強行帶走她，接著，他又答應給她一天的時間，下定決心平靜地跟他走，後來，他又認爲最好維持現狀，免得因強求而失去一切。

布魯特陰沉地站在激動的人群之外，他們全都怒目瞪視著這位醜陋的求婚者。在這場說服酋長的辯論比賽中，這些人冷靜的頭腦使他得以待在安全之處。酋長復仇的威嚇十分可怕。他以某人的鬍鬚起誓，說他將會帶著一萬人強行擄走珮琪。他在當下亟欲爲她而戰，幸好培里船長派出六名彪形大漢，對著幾名嚇壞了的隨從揮動巨大的拳頭，這才鎮住了他。酋長和隨從的鬥志全失，還有三名侍從在急著撤退的情況下，掉進了海中。

穆罕默德離去之時，憤怒地宣告他有一天會再回來，並且讓全世界都爲他的到來而顫抖。布魯特十分厭惡自己，同時亦不敢見到其他人，於是便下樓尋找珮琪。他花了一點時間安撫圍在他身邊的焦急女性們，接著便詢問珮琪的下落。她在房間中不肯出門。他敲門時，裡頭傳來一個傷心不安的聲音，要他走開。

「出來吧，珮琪，一切都結束了。」他喚道。

「曼特，拜託你走開。」她說。

「你在裡面做什麼?」沉默了一陣子,接著傳來了可憐的嗚咽聲:「我在發洩情緒,拜託你。」

那天晚上,布魯特在遊艇上招待幾位住在當地的法國和英國友人。丹・德米太太特別被派予講述白天發生的故事。她的描述是如此地繪聲繪影,使得賓客們對於酋長的落荒而逃捧腹大笑,而珮琪和布魯特則時不時羞怯地看著彼此。那晚,她刻意閃躲他,不過倒是勇敢地忍受其他人的逗弄和消遣。不意外的,她的臉色有些蒼白。整個事件落幕後,她才發現一切比她所想的還要可怕。那晚,有幾位賓客認眞地說,穆罕默德是個危險人物,甚至可能是政府眼中的麻煩角色。聽見他們這麼一說,她感到喉頭一緊,憂傷地看著布魯特,覺得他似乎正是酋長特別厭惡的對象。

隔天,她和曼特好好談過了。雙方所流露的懺悔之情是個美麗的一幕。他們互相否認對方有錯,並且開心地發現,在兩人的對話之中,穆罕默德的重要性其實就和語助詞差不多。但是那一天,港口不知怎地停滿了漁船,到了夜幕低垂之際,它們仍未離去,就好像沒有目標的兀鷹那樣陰險、不安又神祕。船上的黑暗人影根本沒釣到魚,而且也不在意船底那些摺得好好的漁網。

到了深夜,更多的賓客從城裡來到「迅風號」狂歡作樂。就在黎明前數個小時，他們回到岸上，可是那些漁船仍在黑暗的海面載浮載沉著。遊艇舷窗的燈火一一熄滅，疲累的守衛也準備要休息了。客人都下船後，曼特・布魯特和珮琪仍待在甲板上。他們倚在船尾的欄杆上，聽著賓客的歡樂笑聲漸行漸遠。鎮上的燈火不多，但從海面上仍可一清二楚地看見他們。

「你累了嗎，珮琪？」布魯特問道，語氣有著一絲溫柔。最近不知為何，他時常有一種奇怪的念頭，想要將她擁入懷中，而此刻，這種感覺愈加強烈。她很靠近他，疲憊的模樣彷彿希望受到保護一般。

「曼特，我有一種奇怪的感覺，好像今晚會發生什麼不好的事。」她答道，溫柔的嗓音帶著不安。

「你只是太緊張了，」他說，「你該去睡覺了，晚安。」他們的手在黑暗中碰到，他感到一股電流通過全身，證實了最近那個模模糊糊意識到的感覺。這種感覺讓他十分興奮，但他一想到她和她那沉默無聲的情感，便又沮喪起來。

某個東西突然撞到船身，接著傳來一個嘎吱作響的聲音。然後又是一陣輕輕的撞擊聲，以及水面微微騷動的沙沙聲。珮琪和布魯特正要下樓時，突然注意到這些奇怪的聲音。

「那是什麼聲音？」她問，兩人不確定地停下腳步。他大步走向欄杆，珮琪則緊緊跟在他身後。突然，他們的上方和背後傳來三聲尖銳短促的口哨聲，他們還來不及猜測對方的來意，一切便發生了。

彷彿魔法一般，數個黑影出現在船側。在他們的身後，黑豹般的身影突然重重落在甲板上，就像是從上方墨黑的天空冒出來的一樣。可怕的寧靜隨之降下，接著危機發生了。好幾個健壯的人影衝向布魯特，大驚失色的他瞬間被摔到甲板上，雖然他試圖大叫求救，但嘴巴卻被他們的大手給摀住了。珮琪立刻尖叫起來，但卻發現自己被眾多強壯的手臂困住，無法出聲，全身因恐懼而無力。一切發生得太快，使得他們沒有機會求援或反抗。

布魯特覺得自己被舉了起來，接著便被摔落到地板上。他全身的重量強而有力地撞上某樣物體，並重重跌在甲板上。他後來發現，那些試圖將他丟向海中的襲擊者因爲太過倉促，所以沒有對準，所以使他撞上一根柱子。珮琪被那些人抬向前，並迅速地放在下方接應的人手中，然後粗魯地放置在某個堅硬的東西上。在一陣顛簸和晃動，以及划槳的濺水聲之後，她失去了知覺。

這些侵略者以縝密、耐心的計畫獲得了成功。他們靜悄悄地等待數小時，隨時警戒且極有信心。沒人知道他們是如何以這麼龐大的人數偷偷潛入「迅風號」，而且更大膽的是，在發動攻擊前便已待在船上許久。這場挾持行動是如此地迅速、精準，以致於當這些輕忽襲擊可能性的警衛，有人發現事情不妙時，他們的小船已經划離遊艇。

疲累的水手們以驚人的敏捷反應衝到甲板上。他們很快就發現布魯特並將他鬆綁，將數名受傷的水手帶下船艙，並且通知穿著睡衣的培里船長來到甲板發號施令。

「探照燈！」布魯特瘋狂地喊叫，「那些魔鬼把珮琪小姐偷走了！」

一些人迅速放下小船，準備追過去，另一些人則拿著槍枝，在甲板上待命。幾秒鐘後，探照燈將強烈的白光射向水面，大家焦急地找尋挾持者的船隻。那些阿拉伯人並未想到有探照燈這個東西，當探照燈神祕的光束射向天際、掃過海面，像一隻嚴厲的巨眼在黑暗中搜尋他們時，他們的狂喜嘎然靜止。

「迅風號」的小船已放到水面上，由數名健壯的划手組成，接著傳來一聲開心的喊叫聲，原來他們找到了那群挾持者的船隊。他們十分靠近遊艇，很顯然地，這些黝黑的部落民族並不擅長划槳。在甲板上清晰的燈光照明之下，可以看見他們奮力地划著，白色長袍因爲害怕而不停飄動。總共有四艘船，全都擠在船的邊緣。

「船長，持續將燈光對準他們，」曼特從底下叫道，「試著找出葛瑞小姐在哪一艘船上。去吧，男孩們！我將賞給你們每一個人一百元，沒錯，如果我們必須開火，一人有一千元！」

「布魯特先生，把這些該死的傢伙全都殺了。」船長吼道，他發現甲板上出現一些女人，於是便退到小船後方。

有三艘小船開始在遊艇側邊不停射擊，布魯特和喬伊・布拉格登在第一艘，兩個人都配有來福槍。

「對他們開槍吧！」一名站在船尾的船員手指扣著扳機。

「別開槍！我們不曉得珮琪在哪一艘船，」布魯特喝令道，「冷靜點，各位，準備必要時打上一架。」他因害怕和焦慮而變得有些瘋狂，並下定決心，要是這幫匪徒膽敢傷害珮琪，他必定殲滅他們。

「她在第二艘船上，」遊艇上有人叫道，探照燈立刻聚焦在那一艘小船，幾乎忽略了其他的船。但是聰明的培里船長命令將所有的小船清晰地納入燈光下，以防任何詭計。

布魯特的水手像靈　一樣警覺起來，歡欣鼓舞地衝向逃犯的小船。剛烈的美國小夥子朝空中開了幾槍，阿拉伯人不停哭喊，嚇得趕緊調頭。曼特的小船正在燈光照出的路徑上，離挾有珮琪的船已不遠了。他就站在船首。

「好好顧著其他人！」他對後方的夥伴喊道，「我們要跟緊帶頭的！」後面傳來一陣歡呼、幾聲槍響作為回應，還有美國水手所說的三字經之中，有史以來最歡樂的，此外尚夾雜著他們打算「好好顧著」的小船上，傳來的尖叫聲。

「停下來！」布魯特對那些阿拉伯人喊道，「停下來，否則我們就殺了你們！」他的船離對方的船只剩不到五十哩的距離。

突然之間，一個穿著白袍的高大身影站立在這艘埃及船艦之中，不一會兒，曼特一夥人看見珮琪被交到他手中。他的其中一隻長手臂馬上緊緊扣住她的脖子，另一隻手臂則高舉至她的頭頂，握著一隻閃著凶光的刀刃。

「你們敢的話就開槍啊！」這位高大的阿拉伯人用法文說道，「美國狗，要是你敢靠近她，她必死無疑！」

第二十五章 拯救珮琪

布魯特的心臟幾乎要停止跳動，臉上毫無血色。在遊艇的燈光照射下，這名阿拉伯人和珮琪清清楚楚地映在後方的黑暗背景上。無庸置疑的威脅十分緊迫，一旁的目擊者也很明白，那把在高空中閃著刀光的長刃意圖不軌。珮琪的身體被挾持者當成盾牌。布魯特和布拉格登認出，這個男人便是穆罕默德主要的侍從之一，在酋長造訪的那天，他兇惡的長相特別引人注意。

「我的老天，不要殺她！」布魯特痛苦地叫道。這位阿拉伯人露出一抹邪惡的笑容，準備在對手所不希望的意外發生時，大笑一場。

布魯特所在的小船船尾，突然傳出尖銳的槍聲，一顆子彈不偏不倚射中那位高大阿拉伯人的額頭。子彈擊中他的雙眼正中間，立刻奪走他的性命。他的刀子飛出手中，身軀直直倒下，但並未倒向划手，而是翻過船緣。任何人都還來不及出手擋下，被擊斃的阿拉伯人就和珮琪一同掉進海中。

美國人嚇得大叫，而綁匪們卻出人意料地發出勝利的叫喊。布魯特擺好姿勢，正要跳入水中時，一個飛快的身影掠過他，撲通一聲躍入海中。一切就如開槍男子所設想的進行，他正在實行臨時想到的計畫的最後一步。原來，那名阿拉伯人站在船中的姿勢和位置，讓他確定，阿拉伯人除了往前翻下船外，不可能跌往其他方向。計畫就這樣清晰地浮現在腦海之中，他立刻開槍，並在他們兩個跌落小船之際，跟著跳入海中。

布魯特馬上跟著下海，奮力游向他們消失的地方，正好在他的小船滑動方向的偏左位置。海面傳來槍火聲以及咒罵和歡呼聲，但他對於那些聲音置若罔聞。他與前方的水手大約距離一、兩個身長，拼命祈禱他們其中一人能抓住那件仍在水面上載浮載沉的白袍。其他船員們正「划著倒槳」，用上每一根肌肉的力量，使勁划到拯救珮琪的位置。

水手用力地划著水，使他率先抵達落水地點，但仍來不及抓住消失在水面上的白袍。就在他伸手要抓住珮琪的身體時，她沉了下去。他毫不遲疑地潛入水中。珮琪早已從死掉的阿拉伯人手中鬆脫而出，後者已經沉入海底。水手開槍時，她幾近昏厥，但是掉入冰冷的水中後，她便清醒了過來。她不停地掙扎，雖然因此在水面上多撐了一會兒，但仍等不及在水中拼命游泳的兩位前來救她。她感覺自己正不停向下沉，就要窒息而死。接著，一個像是鉗子的東西緊緊夾住她的手臂，她覺得自己被用力往上抬。

水手帶著珮琪，努力游到了水面上，布魯特很快便游到他身邊。他們一起撐起珮琪，直到其中一艘小船抵達，將他們全數拉上船。此時，挾持者就像沒了領頭羊的羊群一般，四散逃逸。少了追殺他們的人，這支小小美國艦隊趕忙划回遊艇。以勝利之姿回到船上的布魯特，將珮琪拉上船，她的意識已完全恢復。當她躺在小船船底時，他對她所說的話語，便足以讓她起死回生。

在迅風號上，騷動不斷。喜悅取代了恐懼；曾經極度絕望的情緒，現在換成極致的狂喜。婁歷思醫生負責照顧珮琪，並在船上所有的女性陪同下，將她帶到船艙，裹進毯子，送上床鋪。布魯特和那名水手雖然全身溼透，但是心情愉快，他們被一群熱情的男人扛著，在裹進毯子前，先喝上幾杯香甜的熱酒。

「你報答了我，康洛伊，」布魯特激動地說，在抗著他的人頭上倚身向前，與那名和他一同共享榮耀的水手握手。康洛伊坐在他的同伴肩上，裂嘴而笑。「原來救了你的那天，我比想像中幸運。」

「布魯特先生，這沒什麼，」年輕的康洛伊說，「我只是剛好看見一個擊斃那個黑鬼的好時機，並且決定將她從水中救上來。」

「康洛伊，你眞的冒了很大的險，不過你做得非常好。要不是因爲你，孩子，他們可能已經擄走葛瑞小姐了。」

「別這麼說，布魯特先生，這沒什麼。」康洛伊說道，「我願意爲您和她做任何事情。」

「有一句格言是不是說：把你的麵包丟進水中，撿回來時它並不會膨脹，而是濕漉漉的？⑮」李伯・凡・溫可和喬伊・布拉格登開開心心跟著大家走下船艙時，前者這麼問後者。

那夜，船上的人都沒回床上睡覺。事實上，搜救隊伍回到遊艇上不久後，太陽就升起來了。大家肆無忌憚地討論著穆罕默德手下的大膽詭計，每個水手對於整個追捕和搜救的過程，都有一套故事好說。幾天以來，這個事件成了水手和賓客茶餘飯後的話題。丹・德米對於自己在整個過程中都沒有醒來，感到

⑮此處所提到的格言出自聖經《傳道書》，意思是做人要慷慨大方，將麵包丟進水中使其膨脹，以分享給更多人，這樣遇難時才有人願意伸出援手。但是這句格言時常被拿來開玩笑，因為麵包丟進水中並沒有真正膨脹，只是變濕而已。

相當自責，他因此擦了好幾小時的地板，只因他錯失「做出大事」的大好機會。隔天早晨，他提議要追捕那名酋長，並打算親自帶領反攻行動。他們進行了一些調查，政府官員也試圖找穆罕默德出面解釋，但是他早已逃進沙漠中，不知去向。

布魯特拒絕分享拯救珮琪的這份榮耀，而是將康洛伊推舉成眞正的英雄。然而，康洛伊堅持說，如果沒有人幫忙，他肯定無法成功，而且當曼特前來救援時，他其實已經完全精疲力盡。珮琪的心情十分激動，因此難以溫和地對他表達謝意，所以她的感謝話語聽起來十分微弱又不足。

「若是別人救了她，她的反應也是一樣的，」他沮喪地想，「她對我的關心只是家人的關心，如此爾爾。珮琪啊珮琪，」他嘆道，「要是你能愛我，我就會……我就會……唉！想這些也沒用！她會愛上別人，這是當然的，並且過得很開心。要是她對我的感激，有對康洛伊十分之一的感激之情，我就心滿意足了。他很幸運能當第一個救她的人，但是老天知道我也努力過了。」

丹．德米太太對於事態的發展可是非常敏銳，她馬上就開始試著湊合這兩個人。她十分聰明，並不打算魯莽行事，而是先將一切準備妥當，再將每天新獲得的堅固材料巧妙又穩固地堆累上去。被她操控於手掌心的曼特和珮琪，由於太專注在自己的事務之中，所以並未察覺有外來者介入，而丹太太對於愛情的魔力自然是很了解的。

事件發生好幾天後，珮琪才從中恢復。終於，遊艇離開了港口，往西方駛去，船上一行人也全都鬆了一口氣。雖然不願意承認，但是布魯特的心情十分鬱悶，這恐怕和前一天傳來的電報有關。那是蒙大拿州比尤特縣的史威瑞根・瓊斯傳來的，內容是個簡潔的警告：

致亞歷山卓美國領事館的布魯特

趁還有好日子時，好好享受吧。

瓊斯

希望、恐懼和不確定感充斥在他腦中，超出了他的大腦平常可以負荷的容量，幾乎就快要爆炸了。在他看來，這些不停塞進他大腦的一切事務，至少需要一打的腦袋才能應付得來。光是想到再過不到兩個月，這一年就要結束，以及最後結局或多或少帶給他的不確定性，就足以使他擔憂不已，但是新的煩惱卻比這些還更難忍受。每當他坐下來思考財務上的事情，他的心思就會偷偷飄到珮琪·葛瑞的身上，然後一切全變得毫無希望。他想起自己曾是如此勇敢又有自信，向美麗又閱歷豐富的芭芭拉·卓示愛，但是如今這兩樣特質卻在他戀上珮琪·葛瑞時，將他棄之不顧，令他苦笑不已。不知為何，他對芭芭拉的愛很有把握，可是卻覺得對珮琪毫無機會。她和芭芭拉不一樣，她很特別。她人這麼好，她可是珮琪啊。

有時，他的思緒會佔據算錢的重要性。雖然他的航行之旅花了二十萬元，一筆很大的金額，但是仍然不夠。史威瑞根·瓊斯的電報並未出乎他的意料。花掉一百萬元的任務現在對他來說成了一種瘋狂之舉，他完全不曉得後果會如何。除了珮琪，他唯一的願望就是增加這趟旅程的花費。當他們正要離開直布羅陀時，一個新點子浮現在他煩悶的腦海中。

他決定改變計畫，航往北角，藉此增加三萬元的支出。

第二十六章 叛變

新點子浮現時，曼特在甲板上，他立刻告訴正吃著早餐的客人們。雖然他有些擔心眾人對此計畫的意見，但他卻沒預期到，在他宣布之後，竟是一片不祥的沉默。

「布魯特先生，您是認真的嗎？」培里船長問道，他是第一個從驚訝之中恢復過來的人。

「當然啊，這艘船的租期是四個月，外加一個月的優待，我看不出來有什麼理由阻止我們延長這趟旅程。」曼特繼續說道，語氣充滿自信：「你們這些傢伙實在是太習慣反對我所提的每一個建議了，所以現在還是忍不住這麼做。」

「可是，曼特，」丹太太說，「要是你的賓客想回家了呢？」

「胡說，我可是邀請你們參加五個月的旅程耶。況且，想想看，在八月中旬回家，大家都出門度假去了。現在回去就好像去費城一樣。」

雖然在朋友面前，他一副勇敢的模樣，但是回到寢室裡，私底下的曼特卻被沮喪壓得喘不過氣來。面對大家的反對，仍要繼續執行這項計畫，是他一生中最困難的任務。他知道船上的每個人都反對這個提議，至少是爲了他好，在這種情況下，眞的很難武斷行事。他整個早上都刻意躲著珮琪。在客廳時，他瞥見她的表情，而那種表情就足以帶給他極大的煩惱。

大家的心情都相當悶悶不樂。北角雖然很吸引人，但是曼特的宣告太過突然，一下子扭轉大家想回家的期待和希望。許多客人在八月份都有計畫要在家鄉完成，就算沒有特別規畫的人，對於新鮮事物所帶來的刺激感也膩了。整個早上，他們一小群一小群地聚在一起，討論目前的狀況。他們大方地侃侃而談，每一個人都很肯定，若是這趟新旅程有實現的可能，曼特絕對會繼續航行下去。他們覺得，他們有義務採取非常手段。

原先不怎麼認眞的迷你聚會，後來演變成不祥的團體聚會，最後更在主客艙召開了全員會議。培里船長、大副和輪機長也被召來，但是卻不包含曼特．布魯特。會議進行時，喬伊．布拉格登同意負責讓他在別處忙其他的事。艙門上了鎖，身爲會議主席的丹・德米匆匆掃過與會人員，確保除了忠心的布拉格登外，沒有任何人缺席。培里船長顯然十分緊張且心煩意亂；其他人則努力壓抑著將要爆發的情緒。

「培里船長，我們聚在這裡有一個目的，」德米說，清了三次喉嚨，「首先，就我們所知，你是這艘船的航行者。也就是說，依據航海法，你是這趟旅程的指揮者。只有你可以命令水手，也只有你可以決定出港。布魯特先生除了一般雇主所具有的權能，其他權限皆無。我這麼說正確嗎？」

「德米先生，如果布魯特先生指示我航往北角，我必須遵從。」船長堅決地說，「這艘船在租期期間，都是屬於他的。我與我的船員們只是被聘來負責航行，直到明年的九月十號。」

「船長，我們理解你的立場，我也確定你能明白我們的想法。我們並非想要結束這趟愉快的旅程，而是我們認爲布魯特先生花費龐大的金額要延長這趟旅程，是相當愚蠢的行爲。他是個有錢人——或許現在已經不是了，但我們可不能因此忽視他這種砸金揮霍的行徑。簡單來說，我們希望阻止他繼續花錢在這趟旅途上。你能明白我們的立場嗎，培里船長？」

「我完全明白。我全心希望能夠幫助你們和他，可是我受到合約的束縛，儘管此刻我十分懊悔簽下了它。」

「船長，船員對於旅程的延長有什麼感覺呢？」德米問道。

「他們航行五個月，就會有五個月的薪俸。他們一直都受到很好的待遇，所以他們一定會對布魯特先生忠心耿耿，直到最後。」船長說。

「所以，沒有機會叛變囉？」史密斯痛悔地說。船長冷冷地看著他，但是一句話也沒說。大家看起來都很不自在。

「顯然唯一的辦法就是史密斯先生今天早上所提出的那個方法了，」丹太太代表所有女性說道，「我確定，如果讓培里船長和他的重要下屬們聽見這個計畫，沒有人會反對的。」

「事實上，這麼做是必要的。」瓦倫丁先生說，「沒有他們的協助，我們無法進行。但是我很確定，他們一定會同意這是個聰明的方法。」

一小時後，會議解散，這群謀反者前往甲板。奇怪的是，沒人單獨行動。他們三兩成群，並散發一種明顯易見的神祕感。沒人想獨自面對興奮開心的布魯特，只有結伴而行，才讓他們有力量和安全感。

珮琪是唯一一位反對這場叛亂的人，但是她知道其他人打算採取的行動，其實是正當合理的。最後她仍不情願地加入他們，但卻覺得自己是這群人之中最黑暗的叛徒。忘了自己對於曼特揮金如土的行爲有多麼難過，她起初站出來爲他的權利辯護，但最終仍淚眼婆娑地向德米太太承認，她這麼做實在是太「無理」了。

簽下同意書後，她獨自一人待在房中，想著他會怎麼看待她。她欠他這麼多，至少也該站在他那一邊的。她覺得，他一定會察覺得到。她怎麼可以反對他？他不會懂的，當然……他永遠不會懂的。他會像討厭其他人一樣討厭她，甚至比討厭其他人還更討厭她……一切都亂糟糟的，她無法逃開。

曼特發現他的賓客十分難纏。他們絲毫不感興趣地聽著他的計畫，可以看得出來，他們非常不自在。他們從未經歷這種局面，所以他們相當緊繃。「他們就像板著臉的少年少女，四處走動，鬱鬱寡歡。」他對自己說，「但是不管怎樣，我就是要去北角。就算他們全都拋下我，我也不在乎，我的心意已決。」

雖然他一直試圖要找珮琪說話，但她身邊總是有別人在。他有好多話想對她說，也好想要藉由她的鼓勵得到一絲安慰，但是她卻總是和佩提在一塊兒，使他十分沮喪。科莫湖那時曾有過的忌妒心，又再次使他心煩意亂。

「她一定認爲我是個沒希望又沒腦袋的白痴，」他對自己說，「這也不能怪她。」

夜幕低垂之時，他發現朋友們全都聚集在船頭。他正要前去加入他們，地鐵．史密斯和德米上前迎接他。其他人有些膽怯地露出微笑，但這兩個人倒是十分嚴肅而堅定。

「曼特，」德米語氣堅決地說，「我們一直在策畫叛變，並且決定明天早上返回紐約。」

布魯特立即停下腳步，臉上帶著一種他們永遠無法忘懷的表情。困惑、不確定和痛苦的神情，就像霓虹燈的色彩變化般依序出現。有好幾秒鐘，雙方都沒說一句話。備受羞辱的憤怒慢慢浮現在他的臉上，而他的雙眼則隱約閃爍著被追捕成功的囚犯所會流露的神情。

「你們決定好了？」他毫無生氣地問道，不少人的內心開始同情起他來。

「曼特，我們眞的很討厭這麼做，但是爲了你好，別無他法。」地鐵．史密斯趕緊說道，「我們投了票，沒有人反對。」

「這很明顯是樁叛亂，我可以接受。」曼特說，感到全然孤獨又失落。

「我想我們不需要告訴你，爲何我們要這麼做，」德米說，「到了這個時候，要反對你簡直讓我們心碎。你一直都那麼好，而且……」

「別說了！」曼特叫道，他的自信正快速崩解，「現在不需要再說這些好聽話了。」

「布魯特，我們都很喜歡你，」瓦倫丁先生趕緊前來幫助德米先生，因爲其他人全都用苦苦哀求的表情看著他，「就因爲我們都很喜歡你，所以我們不能擔起助你揮霍金錢的責任！這會讓我們大家蒙受恥辱的。」

「我們可從來沒說到這個部分！」珮琪憤慨地叫道，接著語帶哽咽地說，「我們只有爲你著想。」

「我了解你們的動機，也很感激。」曼特說，「我很抱歉這趟旅程必須這麼結束，但是我也下定決心了。遊艇會帶你們到某個地方，讓你們可以搭上回紐約的船隻。我會確保所有人的回程，你們很快就會到家了。培里船長，你是否能答應我，立刻前往我的賓客們所希望到達的港口？」地鐵．史密斯試圖阻止他時，他故意撇開頭去。

「搭上回紐約的船隻，這句話是什麼意思？迅風號不好嗎？」他問。

「迅風號並沒有要回紐約，」布魯特堅決地說，「就算你們給我下了最後通牒也一樣。它要帶我到北角去。」

第二十七章 叛徒

「現在你們開心了?」曼特走下艙梯時,雷金・凡德普對德米說。這番話正是當下所需要的,所有人被壓抑的情緒現在全一口氣傾吐在這位不幸的年輕人身上。地鐵・史密斯打算將雷金吊死在船的橫樑上,而其他人則強烈斥責他,使他只好逃到海圖室去。不過,整個氣氛就「物質層面」來說,已清淨許多,叛變首領們準備召開祕密會議,討論目前情勢。會議持續進行著,而女性則待在甲板上等待。她們一致認爲這件事被處理得很糟。

「如果曼特願意讓德米負責接下來的旅程,他們就會同意繼續留在船上的。」瓦倫丁小姐說,「這樣一來,大家不僅各退一步,同時也可讓這趟航程不再繼續花錢呀。」

「所以說,如果某個男人願意讓你負責晚宴,並且邀請其他賓客,你就會答應他的邀請囉！」珮琪說，馬上開始替曼特說話。

「這個嘛，那總比幫他吃空他擁有的每一粒米還要好哇！」但瓦倫丁小姐每當有理可爭時，總是會避免爭執，所以她只是說了這句話，然後就走開了。

「曼特的揮霍行徑背後，一定有我們所不知道的原因。」丹太太說，「他不是那種把錢花光光、完全不留一毛錢的人。這些瘋狂的行爲背後，一定有什麼理由存在。」

「他這麼做全是爲了我們，」珮琪說，「他全心全意要讓我們有個快樂的時光，現在我們卻這樣報答他！」

此時，籌畫計謀的開會人員出現，打斷了女人們的討論，全部的人都被叫去聽聽主持人德米的會議報告。

「我們已經找到解決之道了，」他開始說，語氣十分快活，使大家都重拾了希望，「雖然是個非常手段，但是我覺得很有效。曼特允許我們在任何一個港口下船，讓我們可以搭別艘船回紐約。因此我的建議是，我們可以選擇最近的地點。很顯然的，波士頓是最近的地方了。」

「丹・德米，你眞是愚蠢！」他的妻子喊道，「是誰想出這種可笑的點子的？」

「培里船長收到他的指令，」德米繼續說，轉向船長，「我們不就是在按照布魯特自己下的指令行事而已嗎？」

「如果你們開口，我就能航向波士頓。」船長若有所思地說，「但是他肯定會駁回這個命令的。」

「船長，他沒辦法駁回，」地鐵．史密斯說道，他已經等著加入這場對話等了好久，「這將會是一個完完全全的絕妙叛亂，我們打算執行原先的計畫，也就是將布魯特先生監禁起來，直到他沒法反對爲止。」

「史密斯先生，他是我的朋友，我的職責便是讓他免於受到任何屈辱。」船長生硬地說。

「你儘管前往波士頓，親愛的船長，剩下的交給我們。」德米說，「除非親自見到你本人，否則布魯特先生是沒辦法駁回你的命令的。我們保證在看見波士頓港前，不會讓他有機會和你說話。」

船長看起來十分懷疑，於是便搖著頭走開了。他的內心其實是支持這些叛亂者的，只要不會違反他對布魯特該盡的義務，他也下定決心要盡可能幫助他們。可是，這樣鬼鬼祟祟地下令航向波士頓，卻讓他很有罪惡感。他的重要下屬知道這個祕密，但是水手們則全然不知迅風號的目的地爲何。

曼特・布魯特的客人們，全都對這個計謀甚感滿意，雖然他們最後的結果仍半信半疑。丹太太很懊悔自己一開始對此計畫所下的草率評論，因此熱切地加入這項計畫的實行。根據這群叛亂者所決定的計畫，曼特的艙房整晚都由兩名男子監守。隔天一早，當他從房裡走出來時，他遇見了地鐵・史密斯和丹・德米。

「早安，」他向他們打招呼，「今天天氣如何？」

「非常好呀！」德米答道，「對了，你要在房裡吃早餐才行。」

布魯特毫不起疑地走進艙房，他們兩個緊跟後頭。

「有什麼祕密要告訴我？」他問道。

「我們代表其他人，來做一些討人厭的任務。」地鐵說道，並將房門的鑰匙鎖上，「我們來這裡是要告訴你我們選了哪一個港口。」

「你們可眞好心，願意告訴我。」

「是啊，可不是？我們認眞研究了騎士們對待囚犯的方式，並且決定選擇波士頓。」

「在大西洋這一頭，也有個名叫波士頓的港口？」曼特有些訝異地問。

「不，就我們所知，全世界只有一個波士頓。它是世界各地的知識份子集聚一堂的地方。」

「你們究竟在說什麼東西？不會眞的是麻州那個波士頓吧？」曼特叫道，從椅子上跳起來。

「一點也沒錯。那就是我們選的港口，是你說我們可以自己選的。」史密斯說。

「我不接受，就是這樣。」布魯特生氣地說，「培里船長只能聽我的命令，不能聽別人的。」

「他早就收到你的命令啦！」德米露出一抹神祕的笑容，說道。

「我會考慮考慮。」布魯特突然衝到門口，但是門上了鎖，鑰匙在地鐵・史密斯的口袋中。他不耐地大叫一聲，轉身按下呼叫鈴。

「它不會響的，曼特，」地鐵說道，「電線被剪掉了。現在請冷靜一下，讓我們好好談談。」

布魯特大發雷霆了五分鐘之久，兩位「代表」只是靜靜地坐在一旁微笑，帶著一種令人惱怒的自信。最後，他終於冷靜下來，理性地要求一個解釋。他這才明白，這艘遊艇將航往波士頓，而他將全程被囚禁起來，除非他肯服從多數人的意願。

布魯特生氣地聽著，他發現他們靠著這套詭計而佔了上風，唯有他也使出花招，才能勝過他們。這場爭論已經奪去了他想要奮力一搏的尊嚴，所以他是不可能服從他們的。

「你會理性的，對吧？」德米擔憂地問。

「我打算鬥爭到底，」布魯特說，眼睛閃過一絲光芒，「現下我雖然是你們的囚犯，但要抵達波士頓，路途還遠得很呢。」

迅風號就這麼向西航進大西洋，航了三天兩夜，而它暫時的主人則被鎖在艙房之中。監禁雖然令人惱火，但他倒也蠻喜歡將注意力轉移到金錢以外的事物上。他對於這個荒謬的局面，時常感到可笑，因而大笑不已。他的敵人竟是忠誠的朋友，而他們雖然魯莽，但卻十分爲他著想。原先的命令是，他只能被一個人看守，但是這個命令在第一天就被打破了。有時候，看守的人數甚至達到十人，他們還會遞茶給他，拜託他理智地聽進去他們的話。

「要不聽進去也很難啊！」他氣呼呼地說，「這就好像限制一個人的自由，然後叫他安靜一樣。但是，我的機會就要到了。」

「他一定會報仇！」丹太太悲傷地叫道。

「只要你表現良好，說不定刑期就能縮短了，」珮琪建議他，決心已開始軟化，「請乖一點，讓步吧。」

「在這整趟旅程中，我還沒像現在這麼開心咧。」曼特說，「在甲板上我還不會注意到，但在這裡我卻明白了這整件事。更何況，只要我想要，我就可以出去啊。」

「我賭一千元你做不到，」德米說，曼特趕緊打斷他的話，於是他又附加一個條件，「你不可能有辦法自己出去。」

曼特答應這個條件，並且向其他人打賭他做得到，但是沒人接受他的賭注。

「就這麼定了！」他陰森地笑著，「只要一直待在這裡，我就能輸一千元，但是我要是逃跑就糟了。」

曼特被監禁的第三天，迅風號開始搖晃得很厲害。起初，他幸災樂禍地看著守衛不舒服的樣子，他們顯然不喜歡在這種天氣待在船艙。這天，地鐵·史密斯和布拉格登値班，他們兩個都不適合當水手。曼特點起菸斗時，他們十分驚恐，地鐵更是馬上衝到甲板上去。

「喬伊，你眞是勇敢呀，」曼特對另一位守衛說，並且朝他的方向吐了一口菸，「我就知道你會堅守崗位，就算船要沉了，你也不會離開。」

布拉格登已經來到連話都不敢說的境界，忙著他所謂的「跟著船的律動一起呼吸」。

「我的老大，」曼特繼續說道，「煙越來越濃了。噴一些花露水說不定會有些幫助。」

一點點香噴噴的古龍水對布拉格登來說就已足夠，他立刻衝上艙梯，留下大大敞開的房門，讓裡頭的囚犯自由出入他想去的地方。曼特起初衝動地想跟上前去，但卻在門檻前停了下來。

「該死，我和德米打了賭！」他對自己說，接著大聲地對落荒而逃的守衛喊道，「喬伊，鑰匙啊！快回來拿！」

但是，布拉格登已經聽不見他的喊叫，於是曼特只好從房裡鎖上門，再將鑰匙從氣窗丟出去。

在甲板上，少數人正在艙面室中，勇敢地面對背風處的浪花，而其他人早已逃到下面去了。船隻在它所遇過最糟糕的海象中，狂暴地顛簸著。在培里船長不動如山的表情下，其實隱藏著焦慮與不安。德米和婁歷思醫生木然地聊著天，那是男人試圖藏起緊張的情緒時，所會採取的偽裝。女人倒是沒有反應，因為她們沒有心情說話。

所有人之中，只有一個人很明顯地表露出不安和危機的個人情緒。那就是珮琪，她正想著船艙中的囚犯。在她自己嚇自己的想像之中，他正蜷伏在那小小的艙房中，像個天數已盡、等待處決的囚犯，孤獨寂寞、受到冷落、被人遺忘且無人憐憫。一開始，她懇求男人們將他釋放，但是他們堅持繼續等待，希望他受到一點驚嚇，會因此理智一些；珮琪也無法從女人們那邊獲得援助，雖然她們也很在意布魯特的平安。她在內心埋怨造成這個局面的每一個人，心裡開始起了反叛念頭。終於，這個念頭爆發出來，她決心放出曼特・布魯特，不惜付出任何代價。

她步履艱辛地前往他的艙房，時而抓緊支撐物，時而猛烈地甩開。她瘋狂地抓著布魯特的房門及牆上的扶手，仔細聽著房內的動靜。守衛不見了，海浪的怒濤聲掩蓋了房裡所有的聲音。她不停呼喊著他的名字，卻得不到回應，這使得她越想越害怕。

「曼特！曼特！」她哭喊著，瘋狂地捶門。

「是誰？發生什麼事了？」裡頭傳來沉悶的聲音，珮琪連忙感謝上天。就在此時，她發現曼特丟到外頭的鑰匙，趕緊打開門，還以爲會看見他害怕地蜷縮在角落。但是門內的場景全然不是這麼回事。這名囚犯坐在堆滿枕頭的沙發上，拿著手提燈，正在讀著《珮琪的侵入》⑯這本書。

⑯英國作家安東尼・荷蒲所寫的小說。

第二十八章 大難一場

「噢！」珮琪叫了一聲，眼神似乎有些失望。

「進來呀，珮琪，讓我念這本書給你聽聽。」曼特站在她面前，愉快地打招呼。

「不，我得走了，」珮琪困惑地說，「我還以爲這場暴風雨會讓你很緊張……」

「所以你是來放我出去的？」曼特開心極了。

「對啊。我不在乎其他人會說什麼。我以爲你很難受……」此時，船突然傾向一邊，將她甩過門檻、滑進曼特的懷中。他們撞上牆壁，他抱著她一會兒，一時忘了暴風雨的存在。她推開他，指指敞開的大門和門外的自由。但她沒有說話。

「其他人上哪兒去了？」他問道，站在房門試圖站穩。

「噢，曼特，」她叫道，「我們不能去找他們。他們會覺得我是叛徒。」

「珮琪，你爲什麼會是叛徒？」他問道，突然轉身面對她。

「噢！因爲……把你鎖在房裡，度過這場暴風雨，好像很殘忍。」她臉紅地說。

「沒有別的原因？」他堅持問道。

「拜託，別問了！」她可憐兮兮地叫道。但他誤解了她激動的原因，認爲她顯然只是爲他感到抱歉。

「沒關係，珮琪，沒事的。你站在我這邊，我也會站在你那邊。來吧，我們一起面對那群暴民，我會擊倒他們。」

他們一起去找那些叛亂者，他們正湧入主客艙裡。

「嗯哼，眞是個大陰謀。」丹·德米說道，但語氣一點也不氣憤，「你是怎麼逃跑的？我剛剛正打算幫你開門，曼特，但是鑰匙好像不見了。」

珮琪勝利地拿出鑰匙來。

「天啊，」丹叫道，「這根本就是叛徒所爲，當時是誰在值班？」

一名管家此時衝了進來，伶牙俐齒地答覆布拉格登的質問。原來，布拉格登瘋狂召他前來，要他找出鑰匙所在。

「事情很簡單，」曼特說，「兩位守衛離開崗位，把鑰匙留在房裡。」

「那麼我就要付你一千元囉。」

「才不是，」曼特大爲震驚地說，「我並不是自己逃出去的。有人幫我，所以錢應該要給你。還有，既然現在我已經自由了，」他靜靜地說，「讓我告訴諸位，這艘船沒有要去波士頓。」

「和我猜想的一樣！」凡德普叫道。

「它要直接回到紐約！」曼特大聲宣布，但是這幾個字卻很難講出口，因爲此時正逢一陣巨浪打來，他在客艙內踉蹌了好一會兒，然後又說道，「不然就要直接沉入海底啦！」

「情況沒這麼糟，」培里船長說，他走進來時，幾乎是被船的搖動給晃進來的。「可是，在暴風雨結束之前，我得讓你們待在船艙。」他笑道，但是他看得出來，沒人被他給騙了。「海象十分險惡，甲板不停受到沖刷，我不希望你們之中有人不小心被沖到海裡。」

艙口已用壓條封住，準備面對即將來臨的風浪。一行人心情沉鬱，只能在主客艙中想辦法消磨這個夜晚。曼特試圖告訴大家，北角其實並不比風雨交加的大西洋還要好，但這似乎無助於提升眾人消沉的意志。他和這群疲憊的賓客早早便上床就寢，但是這一夜，迅風號上的大家都沒什麼睡。就算將危險拋諸腦後並不困難，可是船身發出的咯吱聲及海水無止盡的怒吼聲，仍讓所有人難以入眠。船身每熬過一次劇烈的晃動，就更加令人不可置信。面對這個兇猛的攻擊，這艘船根本小得可憐。每當它被海浪捧起，並在浪頂進行可怕的停留後，又接著顫顫巍巍沉入波谷，都讓大家呼吸急促、心臟暫停跳動。這艘脆弱卻勇敢的小船徹夜孤軍奮戰，無視自身渺小的力量和敵人無比的氣力。對於被牢牢綁在船橋、無法隨意離去的船長而言，他歷經長久的煎熬，害怕下一次的大浪。每當大浪再度打來、再度退去，他就會想，船身是否又受到什麼損害。風浪隨著早晨的來臨仍不停地增強，他幾乎可以肯定，這艘勇敢的小船就要被擊潰了。不知怎地，它似乎就要失去勇氣、開始動搖、放棄奮鬥。陰鬱的日出從海平面升起，他悲傷地看著它。七點鐘，船隻正式遭到擊毀，將乘客從床鋪上震醒，使他們充滿恐懼。斷裂的主軸呼呼作響，似乎就要將這艘船給吞噬。在客艙裡，那呼嘯的聲音生動地述說著這場大災難。隨之而來的喧囂聲與腳步聲，代表的只有一件事情。就在那一瞬間，機器停止運轉——在海水的怒吼和暴風的咆哮之中，是一片不祥的沉默。

大家趕緊在主客艙集合，雖然他們全都嚇壞了，但卻十分勇敢。沒有人尖叫或掉淚。他們對於任何不幸早有心理準備，並已準備迎接最糟的狀況，但他們絕不會表現出怯懦的樣子。丹太太率先打破緊張氣氛，「我對我的珍珠很有信心，」她說，「我想它們在海底下會有人欣賞的。」

他們笑了起來，布魯特剛好走進來。「我很欣賞你們的勇氣，各位。」他說，「你們會沒事的，現在還不算太糟。風已經減弱了。」

後來，他們好好聊著目前的處境，德米說那天晚上唯一困擾著他的，就是他和曼特加入的那個俱樂部，究竟會在大廳放上兩張喪禮慰問卡——一張卡片寫上一個名字——還是將兩人的名字寫在同一張。瓦倫丁先生則十分懊悔，因為他付了好幾年的人壽保險費，但是他唯一的親人卻和他在同一艘船上，將要與他一同死去。

經過二十四小時的守夜後，疲憊不堪的船長將他的上司找來，「布魯特先生，我們的處境十分糟糕，」他們獨處時，他對他這麼說，「毫無疑問。主軸斷裂，再加上這種天氣，實在是相當不妙。」

「沒有辦法找到港口修理船隻嗎？」

「我找不到任何港口，先生。似乎距離我們很遠。」

「我猜，我們偏離航線很遠了，對嗎？」曼特冷靜的語氣使得培里船長大爲欽佩。

「除非太陽露臉，否則我不能確定偏離了多遠，但是這種風速眞的太可怕了。我猜我們已經漂離很遠了。」

「船長，過來喝杯咖啡吧。既然暴風雨還持續肆虐，我們能做的就是激勵人心、相信命運。」

「布魯特先生，你眞是我所共事過最勇敢的人了。」船長緊緊握住曼特的手，表示對他的敬意。

曼特將整個白天奉獻給他的賓客，一有愁雲慘霧的跡象，他就會說則笑話或故事給大家聽。他用巧妙的手法陪伴著他們，讓大家燃起了希望，沒人懷疑他不樂觀開朗。他對珮琪・葛瑞尤其溫柔，並下定決心，若是發生什麼事，他一定要告訴她他愛她。

「這麼做沒什麼大礙的，」他心想，「而且，我希望讓她知道。」

夜晚來臨前，最糟糕的狀況已過去。海象平息許多，水手將艙口打開一陣子，讓空氣流通，但天氣仍不好，不宜冒險出去。隔天早上，天氣晴朗無雲。所有的人聚在甲板上，可以明顯看出浩劫剛過。有兩艘救生小船被吹走，船尾破了一個大洞，使得遊艇無法運轉。

「你該不會是說，我們要一直漂流，直到漂到某處可修船的地方吧？」丹太太開始警戒起來。

「我們已經漂離航線三百浬了，」曼特解釋，「若揚起帆，行進速度會很慢。」

最後，大家決定前往加那利群島，將船修好後繼續旅程。然而，幾天前狂風肆虐，現在卻平靜無風，迅風號就這麼來回漂流了一星期，完全無法前進。已經八月一號了，曼特不禁開始緊張起來。決定命運的那天，只剩不到兩個月了，一切變得越來越嚴肅。待旅程所需花費全數支出後，他仍會剩下超過十萬元的財產，但是現在他竟然毫無希望地在海中央漂流。即便迅風號能夠盡速完成必要的修復，要從加那利群島回到紐約，還是得花上十四天的時間。無論如何想方設法，他仍找不出從這不幸的狀況中解脫的辦法。兩天悄悄流逝，海上依然無風無浪。他很確信，九月二十三號時，他仍將握著十萬元的巨款繼續在海上漂流。

十天過去了，遊艇僅僅前進兩百浬的距離，曼特已經開始計畫如何利用十萬元的資金，度過他的餘生。他已放棄獲得瑟居維克遺產的任何希望，試著順從命運。但，就在這時，他們突然發現一艘貨船。布魯特吩咐守望的人升起求救旗號，接著通報船長這件事情，同時向他報告他做了什麼。船長跳了起來、衝到甲板，並將水手手中的旗幟撕破。

「是我吩咐他這麼做的。」曼特說，對於船長的態度十分惱火。

「你希望他們獲悉我們的消息，並讓他們向我們要求酬金，是嗎？」

「你這是什麼意思？」

「如果他們回應旗子，因而獲悉我們的消息，他們就可以要求索取和整艘船等值的救助酬金。你希望再花二十萬元在這艘船上對不對？」

「我不懂，」曼特怯怯地說，「但是，老天，趕快想個辦法解決！他們不能拖著我們就好了嗎？我會付這筆錢。」

雙方開始進行緩慢的聯繫，在經過無止盡的信號傳遞後，船長終於宣布，這艘貨船是要開往南安普敦的，他們可以將迅風號拖行至該處。

「回到南安普敦！」曼特低吼道，「也就是說，要好幾個月才回得了紐約了！」

「他說他可以在十天後將我們拖到南安普敦。」船長打斷他。

「我做得到，我做得到。」他叫道，而他的客人們則大吃一驚，以爲他的精神已經錯亂了，「倘若他能在二十七號前，將我們送達南安普敦，我願意付十萬元給他。」

第二十九章 浪子歸來

彷彿歷經好幾百年的時光，迅風號終於在貨船格倫科號的拖行下，抵達南安普敦。這艘貨船的船長是一名節儉的蘇格蘭人，他的船上並未裝載太重的貨物，因此才同意拖行迅風號。然而，想到救助酬金的龐大金額，他要求抬高這項服務的費用，而曼特亦不打算討價還價，一口就答應了。成交價是五萬元，這使得曼特從未如此地深信，冥冥之中自有天意在幫助他。他的客人們聽到這個數字時，心都揪在一塊兒了，但是他們仍和曼特一樣開心，期盼著再次回到陸地上。

格倫科號在中途停靠許多港口後，才總算在八月二十八號抵達南安普敦，但是看見了英格蘭的海岸出現在眼前，大家都急著上岸去，所以也就不計較晚到一天。丹・德米邀請所有人作客，一起到蘇格蘭進行一星期的打獵之旅，但曼特卻極爲堅定地否決了這項計畫。

「我們要搭最快的船回紐約。」曼特說畢，趕緊前往了解船班的情況，並爲大家預訂船位。第一艘往紐約的船將在三十號出發，但他只訂到十二位賓客的位置。其餘的客人必須等到下個星期才能跟上。大家很快便同意這個做法，布拉格登留下來確定迅風號獲得必要的修復，並且安排它的返鄉之旅。曼特爲此給了布拉格登五萬元，並且非要他保證所有的錢都會花光不可。

「可是，所有的事宜所需的花費，連這筆錢的一半都用不上。」布拉格登說道。

「在這一星期之中，你得好好款待留下來的客人，你向我保證不會讓我看見任何一毛錢留下。有一天你會明白我爲什麼這麼做。」布拉格登答應會遵照他的願望，曼特這才放心不少。

他將迅風號的船員解雇，支付他們五個月的薪水，以及拯救珮琪那晚他所答應的獎勵，整個場面十分感人。培里船長和他的下屬們永遠無法忘記這位浪子的道別，在他們飽經風霜的臉上，是無法掩藏的感傷。

此時的曼特，一心一意只想著回到紐約後，該如何在僅存的短暫時間內，將家中用品一一脫手，並且花光剩下的積蓄。若換做其他人，早就放棄這個毫無希望的任務了；但是，他還沒絕望。他仍十分勇敢，準備用必死的決心進行最後一搏。

「瓊斯所列出的條件中，應該要有一條是『因為天氣影響所必須做出的花費』，」他對自己說，「遭遇船難的水手不被預期會花上一百萬元。」

丹・德米太太十分巧妙地將所有人分派到兩艘回程的船上。瓦倫丁夫婦負責監護地鐵・史密斯所謂的「第二張餐桌」，也就是搭乘後一艘船的那些人，而她自己則負責照顧第一艘船。珮琪・葛瑞及曼特・布魯特和德米夫婦同在第一艘。在英國的那三天，曼特以無人匹敵的方式揮霍他的金錢。他將當地的一間飯店買下整整一週，雖然他們只有在那裡吃午餐，壓根兒沒住進去；而塞西爾酒店光是提供一行人短暫的停留，就賺到好幾千元。兩天後，這一批憔悴的旅客搭上特別專車，前往南安普敦。大家都十分高興能夠進行接下來的「靜養療法」，布魯特尤其開心，因為他的船隻終於又要開了。

輪船快速又穩定地縮短它和紐約的里格數。美好的天氣與歡樂的笑聲為這趟旅程下了完美註解，溫柔宜人的夜晚就像身處仙境一般。在曼特的心中，暴風雨之夜珮琪為他所做的行為，使他燃起了一絲希望。那晚，他烏雲密布的心情透出一道光芒，他開心地守護著這團火焰，虔誠卻又猶疑。愛的盲目反覆折磨著他，時而帶來恐懼、時而捎來希望，於是他的目光只有不停地跟隨她，搜索著鼓舞他繼續去愛的跡象。她的快樂和朝氣也使他困惑；常常，他亂發脾氣，而有時卻又感到不解。

還有四天就要回到紐約，然後只剩三天、兩天。布魯特開始感到揮灑金錢的任務所捲起的最後一陣旋風，重重地、不祥地、惡毒地籠罩著他。他在艙房裡重新估測、重新計算，試著將新舊數據打平，好與他原先的計畫相符。經過縝密的統計後，他估計這趟旅程，包含遊艇的修復與返回紐約的費用，將會花費他二十一萬元。整趟旅程歷經一百三十三天，因此，每日平均花費大約是一千五百八十元。根據合約，他必須負擔遊艇租金，但不包括食物和私人服務。他發現，要將剩下的一千零八十元花光，可說是易如反掌。當然，整趟旅程看下來，有些時候會突然花上五千元，而有些時候卻一天花不上一千元，但是平均而言表現不錯。將所有因素納入考量後，除了之後販賣家具所會增加的收入，布魯特的財產已萎縮到只剩寥寥幾千元。總體來說，他十分滿意。

從登陸紐約到眾人離別，這整個過程並非全是樂陶陶的。將旅途中所有的不愉快全都拋諸腦後，這些旅人只知道，諾亞方舟以來最棒的航行已畫下了句點。所有的人都很希望隔天可以再度啓程。

甫上岸，布魯特和嘉德能便開始忙著安頓各個事務。結清旅程所需花費的所有費用後，他們覺得應該好好反思一下。這是一個艱難的時刻，一個必須面對四面八方非難的時刻。但是，嘉德能似乎比曼特還要難受。

他們坐在房間的地板上，一疊疊的報紙四散各處。每份報紙都圖文並茂地報導著浪子之旅的轟動故事，還有旅程中發生的事件與記者對往後行程的預測。曼特相當難受、羞恥又憤慨，但他也老實承認，大部分的報導所說的都是對的。他隨手翻閱幾份後，便絕望地將報紙丟在一旁。幾週過後，這些報導將會述說另一個故事，而且將會同樣轟動整個社會。

「曼特，最糟的是，你已經和窮人沒兩樣了。」嘉德能痛苦地說，「我已經替你在家鄉盡可能地省下支出，你看這些數據就可知道，但是，不管如何省吃儉用，都不可能平衡這趟旅程所浪費的錢。那些金額實在太嚇人了。」

朋友的責備在他煩擾的腦中迴盪，熟人的譏笑挫敗他的自尊，報紙上的諷刺漫畫無情地折磨著他，布魯特馬上就成了紐約頭號悲慘的人。昔日友人拒絕與他往來，俱樂部的會員不是冷落他、就是公然責罵他，女人則用無聲的斥責使他心寒，整個世界似乎全都被陰影包圍。頑強如他，仍繼續堅持著，但那壓在他身上的重擔是如此殘酷，就算繼續掙扎也難以與之抗衡。他未曾料想過，回家竟會迎接這些痛苦。

與過去的他相比，現在的曼特極爲瘦弱、形容枯槁，成爲憐憫與責怪的對象，已看不出那個曾經無憂無慮的紐約客。自認可恥又幾近絕望的他，沒有勇氣面對葛瑞太太。曾經從她身上得到的慰藉，他已不配再擁有，而他的痛苦雖然奇異，卻很眞實。再也不顧後果的他，舉辦一場又一場奢華無比的晚宴和派對，許多賓客都公開嘲弄他，卻仍享受著他的款待。眞正的朋友無論怎麼勸戒、懇求，並用盡全力制止他加速墜入貧窮之中，仍無法成功。沒人可以阻止他。

最後，他開始出售家具、碗盤，以及那些無價的裝飾品。它們一件接著一件消失，直到公寓變得空蕩蕩的，而他也幾乎花光了變賣這些物品所得的四萬零三百五十元。他支付僕人薪水後，將他們解雇，並且也讓售了公寓。這時他才開始知道「窮苦不堪」是什麼意思。他確定銀行存款所生的利息已累積到了一萬九千一百四十元又八十六分錢。就在九月二十三日的前一週，包含那些從「製材與燃料」賺到的錢以及其他不幸的收入，原先的一百萬元已全數消失。銀行利息仍有大約一萬七千元的款項，但是這些浪費金錢的行徑所帶給他的「額外利息」，卻是數也數不清的身心劇痛。

令他稍感開心的是，他發現僕人偷偷拿走了價值三千五百元的物品，包括那些在道義上他無法轉售的聖誕賀禮。他唯一的安慰來自格蘭特與銳普利這兩位律師。他們激勵他撐到最後，並保證堅持過後會有光明的未來，因而在他衰弱的腦袋裡激起一股信心。史威瑞根．瓊斯就和他所居住的山區一樣，無聲無息、杳無音信。他沒捎來隻字片語，因此無法確定他是否認可曼特花光老彼得．布魯特遺產的方式。

丹．德米夫婦哀求曼特和他們一起去山中生活，以免他的錢財全數散盡。只要他放棄這種揮霍的行徑，他們願意供給他金錢、工作、休養與安全。住在第四十街的珮琪．葛瑞則為了他傷心透頂，而他也十分清楚。曾經被他視為朋友的人，有好幾個在最後這考驗的一週，拒絕在街上與他打照面。就連芭芭拉．卓小姐在冬季結束前，即將成為公爵夫人這件事，都已無法引起他的興趣。不過，當他得知那位來自芝加哥的漢普頓先生，早已從這場愛情角逐賽中被淘汰時，他仍感到一絲慰藉。

有一天，他請求忠心耿耿的布拉格登將他的波士頓梗犬偷走，因為他沒辦法也不願意將牠們賣掉，亦不敢送給別人。布拉格登難過地偷了這些狗兒，布魯特告訴他，將來有天他會給他獎賞，並要回牠們，「目前不准問任何問題」。

他在一間小旅館租下一間套房，狂烈地計畫著如何使最後一筆折磨人心的幾千元灰飛煙滅。布拉格登和他住在一塊兒，富少幫的成員全都忠心陪伴著他，隨時準備在他開口說出第一個請求時，伸手幫助他。但是，就連這間套房最終也得丟棄。第四十街的老房間仍舊敞開大門迎接他，雖然他一想到要將它們當作避難所，就覺得可怕，但他仍懷著烈士的精神，面對這個嚴峻的考驗。

第三十章 絕不揮霍這份愛

「曼特，你讓我好心碎！」這是葛瑞太太第一次也是最後一次曾這麼對他說。再過兩天就是二十三號了，二手商店的人在馬車上裝載一大堆曼特的衣物，從葛瑞太太家離開。她和珮琪很少看到曼特，而他出現時所表現的緊繃狀態，令她們十分緊張。他的歸來成了城裡的話柄。人們試圖躲避他，但他仍堅持不懈地將財富花費在他所不喜歡的事物上。當他捐出現金五千元給報童之家時，就連他的朋友也認爲他瘋了。這是他唯一一筆捐給慈善機構的錢，而在這最後關頭捐錢，他的藉口是，瑟居維克的遺囑中只規定不能捐太多款給慈善組織。他的腦中已經容不下任何事物，只剩下擺脫那討厭的幾千元的強烈渴望。他覺得自己像是個邊緣人物、賤民、惹人厭的傢伙，任何人靠近他，彷彿都會被他傳染疾病一般。睡眠是種奢望、進食成了可笑行爲，他雖然舉辦豪華晚宴，餐點卻一點也沒碰。他的朋友已經開始討論將他送進療養院的可能性，希望他能因此恢復正常心智。他的故事在人類史上絕無前例，沒有作家可寫出類似情節，也沒有人能夠想出與之比擬的經歷。

他緊張兮兮地將變賣二手衣物所得的六十塊放進口袋裡的時候，葛瑞太太恰好在玄關碰見他。她的臉色就像鬼一樣慘白。他試圖回應她的責備，卻無法說出半個字，只好逃進房間裡，把門鎖上。他在房裡忙著記錄老彼得．布魯特的一百萬元所有的支出明細，也就是最終要交給詹姆士．瑟居維克遺囑執行人——史威瑞根．瓊斯的報告。地板上擺滿了一捆捆經過小心包裝並綁緊的包裹，而書桌上則放了一張長長的白紙，上面寫著那份報告。包裹裡裝著數以千計的收據，證明他在這不到一年的時間內，所花的每一分錢。這些全都是要拿給史威瑞根．瓊斯檢查的，它們被忠實地記錄和保存，就好像這位西部老人會詳細地查閱這些數不清的文件一樣。

他將所有的款項持續作最新的記錄。在這張長長的白紙上，記載著他魯莽的花錢行爲，宛如一篇百萬美元的墓誌銘。他的口袋裡還有七十九元又八分錢。這些錢將讓他度過剩下不到四十八小時的時間，然後，它們就會和其他的錢一樣被花個精光。他打算在二十二號下午前往格蘭特與銳普利律師事務所，對兩位律師宣讀這份報告，並在隔天與瓊斯會面。

正午之前，與葛瑞太太碰面後不久，他下了樓，多天來第一次鼓起勇氣去找珮琪。他在書房遇見了她，他的眼神有著和過往一樣的笑容，聲音帶著那熟悉的溫暖。她沒有在看書。書本、娛樂以及生活中所有的喜悅，都已遠離她，因為她現在只念著她一直所愛的這位男孩，即將面臨的災難。當他看進那雙深邃、憂鬱而害怕的雙眼，是如此地洋溢著對他的愛和恐懼時，他的心被重重擊了一拳。

「珮琪，你覺得我還配不配獲得你的母親更多的幫助？你覺得，她還會要我繼續住在這裡嗎？」他緩緩問道，將她的手放進他的手心。她的手十分冰冷，但他的手卻像火焰一般燒熱。「你知道，你曾說過，只要我還值得，她就會讓我住下來。珮琪，我成了一名乞丐，我恐怕又得去做那些廉價的苦工了。她會把我趕走嗎？我一定要找個地方落腳才行。這裡可以是那座救濟院嗎？你還記得你說我有一天會淪落到救濟院中？」

她看著他的雙眼，害怕在裡面看見一絲瘋狂。但是，他的眼神沒有瘋癲，也沒有狂熱；在他的雙眼裡，只有對他自己和這個世界感到心滿意足的平靜笑意。他的聲音帶有感情，但是卻是一名將自己的理智控制得很好的人，所會擁有的聲音。

「曼特，你的錢全都沒了？」她問，聲音近乎耳語。

「這些就是我僅剩的財產了。」他用平穩的手指打開他的錢包，「我回到了一年前的我。一百萬全沒了，我的權力已失。」她的臉色十分蒼白，心彷彿結了凍。他怎能如此鎮靜，而她卻為了他受盡折磨？她兩度想要開口說話，但卻發不出聲音。她緩緩轉身，走向窗戶，背對著這位笑得如此悲傷卻又無情的男子。

「珮琪，我不想要那一百萬，」他繼續說，「我知道你就像其他人一樣，覺得我和我愚蠢的行為一樣愚蠢。不能怪你這麼想。表面上的一切讓我無法反駁，畢竟證據就在眼前。一年前，人們都說我是眞男人，但是今天，他們卻將這個稱號從我身上奪去。全世界都說我是笨蛋、傻瓜，甚至就快是個罪人，但卻沒人相信我是條漢子。珮琪，如果我告訴你，我將要重新來過，你會不會比較看好我？再過幾天，我就會是一個全新的曼特．布魯特，或者，如果你想要，我將會回到過去你所認識的那個曼特。」

「過去那個曼特？」她溫柔又朦朧地喃喃說道，「能再看見他就好了，比看見過去一年的那個曼特還要好得多。」

「珮琪，不管我曾經做過什麼事，你都會在我身邊嗎？你不會像其他人那樣拋棄我？你會像過去那個珮琪一樣？」他叫道，鎮靜的情緒開始崩解。

「你怎能這麼問？你怎能懷疑我？」

他們沉默不語地站著，彼此看著對方的心，看著一個全新的日子慢慢展開。

「女孩，」他的聲音抖得厲害，「我在想，你對我的在乎是否足以……」

他無法問出口。

「足以和你一起重頭來過？」她輕聲說道。

「對，足以將你自己交在這位歸來的浪子手中。沒有你，女孩，其他的一點價值也沒有。珮琪，我想要你！你是愛我的，我可以從你的眼中看出來，你在我的面前我就能感覺出來。」

「你現在才感覺到……」她悲傷地說，張開雙臂抱緊他。他就這麼緊抱著她好幾分鐘，再次找到了這世界的美好。

「你對我的心意有多久了呢？」他輕聲問道。

「一直都有，曼特。我這一生都愛著你。」

「我也是，女孩，一生都愛著你。我現在才知道，我已經發現好幾個月了。喔！我眞是愚蠢，浪費了你的愛，也浪費了我的愛！但，珮琪，我絕不會揮霍這份愛。親愛的，只要我還活著，我絕不會揮霍任何一丁點的愛。」

「曼特，只要我們共同創造新生活，我們就能創造更強大的愛。只要我們有愛，就永不會貧窮。」

「你不介意和我一起窮苦過日？」他問。

「只要和你在一起，我就是富有的。」她簡潔地說。

「我差點就讓這份愛遠離我了。」他激動地喊道，「聽著，珮琪，你要成爲我的妻子和唯一的財產，然後我們會一起重新開始。你將會是我過去唯一留下的事物。你願意在後天嫁給我嗎？請別說不，親愛的珮琪。我希望在那天重新開始。早上七點鐘好嗎，親愛的？你看，這樣的開始多麼美好啊！」

他是如此眞切地懇求她，所以她便答應了，雖然這個奇怪的要求對她來說，好像只是他一時的突發奇想，令她無法理解。等到九月二十三日早晨，也就是預定要將瑟居維克的七百萬元，全數移交到他手中的前兩個小時，她就會明白爲何他要將婚禮安排在那個時候了。如果一切順利進行，這七百萬元將會在中午十二點之前，變成布魯特的財產，那麼珮琪所過的窮苦生活，將不超過三個小時。她已深信他的一輩子都將與貧窮爲伍。如此一來，他們展開新生活的那一刻，將只會擁有對彼此的愛。

珮琪極力反對他將剩下的七十元花掉，但是他的決心十分堅定。他們打算利用這七十元，一起吃頓晚餐、開車兜風，回顧過去的生活。接著，他們在隔天就能一切從頭開始。他猛然想到一件不快的事，那就是珮琪倘若在九點鐘以前變成他的妻子，說不定她也會被視爲一種「資產」。但是他馬上就發現，遺囑只有要求他身無分文，並且不得持有任何藉由老彼得・布魯特的遺產所獲得的物品。所以，在他花完最後一毛錢後，才會迎娶的這位妻子，自然不可能是老彼得遺產的產物之一。然而，他對這件事的處理十分小心謹愼，所以他決定要向喬伊・布拉格登借錢來買結婚證書以及付牧師費。這樣一來，他在那天不只會身無分文，還會負債。對他而言，整個世界的色彩似乎完全不同了，縱使無法贏得瑟居維克的七百萬元，也沒辦法摧毀贏得珮琪・葛瑞所帶來的新生活和新喜悅。

第三十一章　一百萬元的消失

九月二十二日的午後，曼特把要交給史威瑞根・瓊斯的報告，摺好並放進口袋中後就出發了。幾分鐘前，一輛寄送包裹的馬車才剛載走一大捆神祕的信件。葛瑞太太十分驚訝，但是布魯特對於她的疑問，並未多做回應。他不能告訴她，那捆包裹裡面裝的是所有的收據，當他和瓊斯先生結算總帳的時候來臨時，他要用此來證明他的誠意。布魯特用自己想出的收據格式，記錄下每一筆交易。他買了一本小小的收據存根簿，除了他之外，他所雇用的每一個人也都隨身攜帶一本。不管交易的內容多麼瑣碎，只要有人收下布魯特的一毛錢，他就得簽收一張收據。報童和擦鞋工人是唯一沒有遵照這個規矩的人；給服務生、腳夫、車夫的小費，全都被記錄妥當，並收納在屬於它們的收據類別之中。僅剩的那幾十元將會使用的收據，會在二十三號早上交出，因此當天九點鐘，完整的報告就會完成。

他與珮琪吻別，並告訴她爲四點鐘的兜風做好準備，接著他就出發去找喬伊．布拉格登和伊榮．嘉德能。他們依約與他碰面，他告訴他們打算在隔天結婚的計畫。

「曼特，你擔當不起的，」喬伊毫無畏懼地說，「珮琪是個這麼好的女孩。老天，這對她不公平啊！」

「我們已經決定要在明天展開新生活了。你們等著看結果吧。我想你們應該會大吃一驚的。對了，我今天要去買結婚證書，並且處理好牧師的事。這件婚事不會大肆宣揚。喬伊，如果你願意，就當我的好兄弟；小嘉，我希望你能簽下名字，當我的見證人之一。明天晚上，我們會在葛瑞太太家吃晚餐，出席的人不會很多。我們之後再聊這些。現在，我想向你們借一筆錢，買到結婚證書並且付錢給牧師。明天下午我就會還你們。」

「我死定了。」嘉德能叫道，對於他的膽識完全目瞪口呆。但是他們還是和他一起去了，布拉格登付了結婚證書的錢。嘉德能向他保證，隔天早上牧師將會出現在葛瑞家。曼特十分認眞地要求了另一件事，那就是不能讓珮琪知道證書和牧師花了這麼多錢。接著，他便趕赴格蘭特與銳普利律師事務所。那捆收據已經比他先行抵達了。
「瓊斯來城裡了嗎？」打過招呼後，他焦慮地問。
「他尚未於任何一間旅館登記房間，」格蘭特先生答道，布魯特並未察覺他臉上閃過的一絲憂慮。
「我想他今晚會出現的。」他自信滿滿地說。律師們沒告訴他的是，過去兩個星期以來，所有寄給史威瑞根・瓊斯的電報都被退回到紐約的辦公室，比尤特縣那邊無人領取。電報公司告訴他們，他們找不到瓊斯先生，而且自從九月三日後，就沒有人在比尤特見過他了。律師們寄了電報給一些蒙大拿州的人，希望他們提供消息和建議，並時時等待著回應。他們非常緊張，但是曼特・布魯特太過興奮，所以並未察覺到。
「布魯特先生，有一位高大蓄鬍的陌生男子，今天早上來這裡要找你。」銳普利說道，彎下腰找尋桌上的紙張。
「啊！肯定是瓊斯。我一直想像他有個長鬍子。」曼特說，鬆了口氣。
「不是瓊斯先生，我們和他很熟。這名男子是個陌生人，不願意說出名字。他說他今天下午會去拜訪葛瑞太太。」
「他看起來是不是像個警察或收稅員呀？」曼特笑著問。

「他看起來很像一名流浪漢。」

「這個嘛，我們現在先別管他了，」曼特說，從口袋裡拿出報告，「兩位先生，你們是否可以看看這份報告？我想知道這是不是恰當的形式，好交給瓊斯先生。」

格蘭特從布魯特手中接過這張小心摺好的報告時，手不禁顫了一下。兩位律師之間，快速交流了一眼絕望的神情。

「當然，你會發現這份報告只是我所有支出的概覽而已。我將所有的支出分門別類，包裹裡的收據已經過整理收納，所以瓊斯先生能夠輕易證實報告中所有的數據。譬如，在『雪茄』這一部分，我記錄了購買雪茄所花費的總額。收據是用來作爲逐項支出的證明。」銳普利先生從夥伴手中接過報告，控制好自己的情緒後，開始大聲唸出這份報告。內容如下：

紐約，九月二十三日，

致史威瑞根・瓊斯先生，蒙大拿州已逝的詹姆士・瑟居維克之遺囑執行人：

謹履行前述遺囑之條款，並遵照您身為執行人所列出的條件，我在此提呈九月二十二日午夜之前共一年的期間內，全數支出的收據之報告。此份概覽中記載之數據，其正確性可藉由參見收據而獲悉，收據亦做為報告之一部分呈交給您。老彼得・布魯特的遺產已無一分一毫為我所有，本人亦無持有任何從中獲取之資產。以下數據提交給您，請您仔細過目。

最初資本	$1,000,000.00
「製材與燃料」的誤判	58,550.00
拳擊比賽的誤判	1,000.00
蒙地卡羅的教訓	40,000.00
賽馬的誤判	700.00
售出六隻波士頓梗幼犬	150.00
售出家具和私人物品	40,500.00
銀行利息	19,140.00
共需支出	$1,160,040.00

支出明細

公寓租金	$23,000.00
公寓裝潢	88,372.00
三輛汽車	21,000.00
六輛汽車的租金	25,000.00
跟德米打賭輸了	1,000.00
薪水	25,650.00
車禍付給傷患的醫藥費	12,240.00
銀行破產的損失	113,468.25
比賽輸錢	4,000.00
玻璃隔屏	3,000.00
聖誕禮物	7,211.00
郵資	1,105.00
電報	3,253.00
文具	2,400.00
兩隻波士頓梗	600.00
歹徒搶錢	450.00

巡迴演唱之旅	56,382.00
投資哈里森	60,000.00
一場舞會（分為兩次舉辦）	60,000.00
賓客小禮	6,000.00
遊艇之旅	212,309.50
嘉年華	6,824.00
雪茄	1,720.00
酒（大多是買給別人的）	9,040.00
衣物	3,400.00
別墅租金	20,000.00
雇請隨從	500.00
晚宴派對	117,900.00
晚餐和午餐	38,000.00
戲劇派對和晚宴	6,277.00
旅館花費	61,218.59
火車與輪船票錢	31,274.81

捐助報童之家	5,000.00
兩場歌劇表演	20,000.00
迅風號的修理費用	6,342.60
拖行遊艇至南安普敦的費用	50,000.00
搭往佛羅里達州的專車	1,000.00
佛羅里達州小屋的租金	5,500.00
醫療費用	3,100.00
佛羅里達州生活費	8,900.00
僕人私吞財產	3,580.00
稅金	112.25
雜項	9,105.00
家庭花費	24,805.00
總支出	$1,160,040.00
餘額	$0,000,000.00

曼特・布魯特　敬啟

「你們看，這份報告其實還蠻概略的，但是每一分錢都有收據為憑，除了一些雞毛蒜皮的雜費。他或許會認為我揮霍了這份財產，但是如果他或任何人說我花錢花得不值得，我絕對不同意。老實告訴你們，這筆錢簡直就像一億元那麼多。要是有人告訴你們，一百萬元很容易就花光了，請叫他來找我。去年秋天，我的體重是一百八十磅，但是昨天我量體重時，甚至連一百四十磅都不到；去年秋天，我的臉上一條皺紋也沒有，更別說是白頭髮了。兩位先生，你們可以從我身上看出過度勞累的結果。要回到原本的生理狀態，恐怕會花很長一段時間，但是我想我做得到的，因為從明天開始我就要去度個假。明天早上我就要結婚了，之後我就不會再像那時候這麼窮苦。我還有幾十元可花，而我一定會把它們花光。明天我會交出今晚所花的錢所留下的收據。這筆錢目前被歸類在『雜項』中，但收據我會在明天交出。明天早上見了。」

他就這麼走了，因為他急著去見珮琪，也不敢和律師們討論這份報告。他離開後，格蘭特與銳普利搖搖頭，沉默地坐了好長一段時間。

「今晚應該就能聽到一些確切的消息了。」格蘭特說，但聲音帶有一絲焦慮。

「我在想，」銳普利彷彿在對著自己說話，「要是最糟的狀況發生了，他該如何承受。」

第三十二章 前一夜

「現在就看瓊斯的決定了，」這句話一直在布魯特的腦海揮之不去，他正開著車依約前去載珮琪．葛瑞，「一百萬元沒了，全沒了。我現在一貧如洗，就看瓊斯的決定了，但是我不覺得他有什麼好挑剔的。他堅持要讓我變成一個乞丐，現在總不能如此狠心將我拋下。但是，要是他的心中真的滋生這種壞念頭呢！不知道我能不能違反遺囑，不曉得我可不可以在法庭上告他。」

珮琪正等著他。她的臉頰像發了燒一樣紅通通的。她發現他的表情有些狂躁激動。

「珮琪，來吧！」他急切地說，「這是我們最後的假期，要開開心心的。如果你想要，可以在明天重新開始時，把這一切忘了，但說不定今晚是個值得紀念的一晚。」他將她帶到座位上，接著飛快地坐在她身旁。「我們走囉！」

他叫道，聲音顫抖著。

「親愛的，這一切實在太瘋狂了。」她說，但雙眼卻閃爍著不顧一切的喜悅。這輛汽車和裡頭兩顆輕快的心，就這麼出發了。葛瑞太太從屋裡的窗口轉身，眼泛淚光。在她看來，他們正開往全然的黑暗之中。

「曼特，今天下午有個我所看過打扮最奇怪的男人，來家裡說要見你。」珮琪說，「他留著一把長鬍子，讓我想起雷明頓⑰所畫的西部牛仔。」

「他叫什麼名字？」

「他跟女僕說那不重要。我是在他離開時看見他的，他看起來是個眞男人。他說，如果今晚沒在城裡遇見你，他明天會再來。你沒有從這些描述中想起他是誰嗎？」

「完全想不起來，不曉得他究竟是誰。」

「曼特，」她想了一下，說道，「他……該不會是……」

「我知道你想說什麼。某個來查封財產的官員之類的。不是的，親愛的，

⑰弗雷德里克・雷明頓（Frederic Sackrider Remington），美國畫家，擅於描繪早期的美國西部。

我向你發誓，我沒有虧欠任何人一毛錢，」然後他想起來，他欠了布拉格登和嘉德能一筆錢，「除了一、兩筆非常私人的款項以外。」他趕緊加上一句。「親愛的，別擔心，我們是出來玩的，一定要好好享受一番。首先，我們要開過公園，然後再去雪莉的店用餐。」

「可是親愛的，要去那兒用餐必須好好打扮，」她說道，「還有監護人呢？」

她一提到穿著打扮這件事，便使他的臉紅了起來。「珮琪，我羞於承認此事，但是除了我現在穿的這套衣服，我已經沒有其他衣物了。親愛的，別露出傷心的表情，明天我若有時間，會訂一套新的晚宴服裝。至於監護人，明天之前人們不會說閒話的，而到那時……」

「不，曼特，雪莉的店是不可能的。我們不能去那裡。」她堅定地說。

「喔！珮琪，美好的夜晚全都被破壞了！」他非常失望地說。

「曼特，這樣對我不公平呀。大家都會知道我們、都會說話的。他們會說『那是曼特．布魯特和瑪格莉特．葛瑞，他要把最後幾毛錢花在她身上了。』你不會讓他們這麼想的對吧？」

他明白了她話中的合理性。「在某間巷弄裡的小餐館吃頓低調的晚餐也很好啊。」她說服他。

「你說得對，珮琪，你永遠是對的。你看，我太習慣花大錢了，所以不曉得要怎麼用別的方式花錢。我想，從明天開始該把錢包讓你管了。讓我想想，我知道城裡有一間不錯的小餐館。我們就去那兒，然後再去看戲。丹・德米和他的妻子會一起來我的包廂，之後我們再一起去佩提的工作室。我要爲富少幫舉辦餞行晚會。如果我沒算錯，今晚的旅程就在那裡結束，接著我們就能開開心心回家了。」

十一點鐘，佩提的工作室敞開大門，迎接富少幫和客人，最後一場「各付各的午間聚餐」很快就開始進行了。布魯特在晚上稍早的時候就已付了錢，所以當他在餐桌主位坐下時，口袋裡已無任何一毛錢。一年前，在同樣的時間點，富少幫和他正吃著一頓生日大餐。一百萬元就是在那晚來到他的生命中的。今晚，他比那時還要貧窮，但是在這新的一年，卻有個小禮物在等著他。

除了九位富少幫的成員，還有六名賓客坐在桌邊，包括德米夫婦、珮琪・葛瑞和瑪莉・瓦倫丁。諾波・哈里森是唯一缺席的富少幫成員，在眾人向新娘、新郎敬酒的歡呼聲消逝前，布魯特也爲他的健康祝了杯酒。

今年的打擾比去年來得早。埃利斯去年到了凌晨三點，才將訊息告知布魯特，但是，這位在去年按下數次電鈴的男僕，一年後卻在十二點鐘前，就將電報交給了他。

「一定是生日祝賀啦，老弟。」德米說，曼特害怕地看著男孩交給他的小信封。

「祝你長命百歲的賀詞吧！」布拉格登猜測，「天啊，在生日這天結婚，眞是明智啊，曼特，可以爲你的朋友省下不少時間和金錢。」

「快大聲唸出來！」地鐵・史密斯說。

「我們兩個打賭是諾波・哈里森寄來的！」佩提叫道。

布魯特打開信封時，不知爲何，手是顫抖的。他的心中有種悲傷的感覺，一種極爲不祥的預感，好像將有壞消息在最後一刻來臨。他拿出電報，緩慢且痛苦地打開它。沒有人可從他的表情讀出，他覺得自己就好像在讀死刑執行令一樣。這是從格蘭特與銳普利律師事務所寄來的，而且顯然在兩、三個小時前，就一直追隨著他的行蹤。電報是晚上八點半發出的。

他快速瞥了一眼，雙眼冒出熊熊燃燒的火焰，心卻瞬間結凍。在這一年的尾聲，這些字句清晰地烙印在他的腦中。

立刻來辦公室。必要的話，會等你一整夜。瓊斯消失了，完全找不到他。

格蘭特與銳普利律師事務所

布魯特癱坐在椅子上，臉上完全沒有任何情緒。其他人開始吵著要知道電報的內容，但他的舌頭麻木、無法動彈，耳朵像是聾了一般。他體內的每一滴血都被這個驚人的消息給凍結住，而造物主賜予他的每一種感覺，全都集中在電報操作員無心寫下的那十一個字上面：「瓊斯消失了，完全找不到他。」

「瓊斯消失了！」這幾個字清清楚楚、可怖至極、殘忍無比。漸漸地，其他的訊息內容開始出現在他的腦中，「立刻來辦公室」、「會等你一整夜」這些字句試圖讓他發現它們的重要性。他十分鎮靜，因爲他已喪失表達情緒的能力。之後回想起來，他不曉得自己究竟是如何控制自己的情緒的。某種溫和而強大的力量，就像小精靈及時趕到一樣，使他放鬆下來。他慢慢地發覺到，大家都在等他大聲唸出訊息。他張開嘴巴說話，不確定自己是否能發出任何聲音，但他發出的語調十分穩定自然，像鐵一樣冰冷。

「很抱歉，我不能告訴你們，」他說，嚴肅的語氣使得聽者都沉默了下來，「這是一件非常重要的事，請務必允許我離開一個小時左右。明天我會解釋一切。請不要有任何的不自在。如果你們願意幫我個忙，讓少了主人的宴會照常進行，我會十分感激的。我必須要走了，馬上。我答應你們一個小時候就會回來。」他站起身來，膝蓋就像鋼鐵一樣堅硬。

「發生什麼嚴重的事了嗎？」德米問道。

「什麼！發生什麼事了？」珮琪語帶驚恐地問。

「此事只和我有關，而且純粹是生意上的事。我眞的不能再耽擱任何一分鐘了，這件事很重要。一個小時後我就會回來。珮琪，不要擔心，也不要對我感到失望。各位，繼續好好玩，當我回來時，你們會發現我是世界上最快樂的傢伙。現在是十二點，我會在九月二十三日凌晨一點鐘前回來。」

「讓我跟著你去！」珮琪苦苦哀求著，跟著他走到了玄關。

「我必須一個人去，」他答道，「別擔心，小女孩，一切都會沒事的。」

他的吻別爲珮琪的內心深處注入了一股寒氣。

第三十三章 瓊斯的逃亡

布魯特在深夜中趕赴至格蘭特與銳普利律師事務所，覺得一切彷彿就像夢一場。他嚇呆了，既困惑又幾無任何知覺。他離開電車軌道後，立刻招來一輛車，並摸上車的扶手準備開門，臉上露出一抹苦笑，因爲他突然想起來，自己沒有足夠的錢可以付車資。律師事務所在六、七個街區之外，他只好拔腿狂奔到事務所的大樓入口，才停了下來。

從來沒有一台電梯，像這台載著他到七樓的電梯一樣緩慢。律師辦公室門上的氣窗透出一道光，他連門都沒敲就進去了。格蘭特正在裡頭踱著步，看見他的來訪，馬上停下腳步。

「請帶上門。」銳普利平靜地說。格蘭特先生在一張椅子上坐下，布魯特像機器一樣甩上了門。

「是眞的嗎?」他沙啞地問，手仍握著門把。
「布魯特，坐下來，控制自己的情緒。」銳普利說。
「我的老天，你看不出來我已經很冷靜了嗎?」曼特叫道，「快啊，告訴我所有的事。你們知道些什麼?你們聽說了什麼?」
「沒人找得到他，就是這樣。」銳普利著急地說，「我不知道這意味著什麼。他沒留下任何解釋。整件事實在太不可思議了。請坐下來，我會盡快告訴你所有的事。」
「其實也沒多少事可告訴你。」葛蘭特生硬地說。
「我站著比較能承受得了。」布魯特說道，僅僅閉上嘴巴。
「最後一次有人在比尤特看到瓊斯，是在這個月的三號，」銳普利說，「那天之後，我們傳了幾封電報給他，問他打算何時出發前來紐約。這些電報都沒人領取，電報公司說，沒人找得到他。我們以爲他大概只是離開一下，去處理他的財務，所以並未感到緊張。後來，我們開始納悶，爲何他都沒有傳電報告訴我們要出發來東部了。我再次傳電報給他，仍然沒有回音。我們漸漸發現，事情不太對勁。我們傳電報給他的祕書，卻收到警長的回覆。他反過來問我們，是否能告訴他瓊斯的下落。這封信自然使我們立刻警覺起來，昨天我們一直保持熱線。布魯特先生，調查結果十分可怕。」

「你們爲何不告訴我？」布魯特問。

「可以確定的是，瓊斯和他的祕書一起逃走了。比尤特那邊相信，祕書已將他謀殺。」

「天啊！」布魯特的嘴裡只能說出這個字。

銳普利舔濕乾燥的嘴唇，繼續說下去。

「我們收到了警方、銀行、信託公司和六名金礦負責人的快信。如果你想要，可以讀一讀，但是我會告訴你裡面寫了什麼。大約這個月初，瓊斯開始將各種證券兌爲現金。現在已經知道，這些錢都曾是詹姆士・瑟居維克的財產，也就是要留給你的遺產。隨後，警方前往安全金庫調查，發現他將所有的積蓄、所有的債券、所有有價值的物品，全都領了出來。他自己的財產分文未動，只有你的消失了。正因如此，當局才確信他的祕書殺了他帶著錢逃跑了。銀行的人說，瓊斯將瑟居維克的每一分錢全都領了出來，警方也說，他將可轉換證券兌現成龐大的金額。奇怪的是，他還賣了你的金礦和不動產，買方是個叫作戈登的男人。布魯特，他就好像帶著一切消失在這個世界上一樣。」

在銳普利說話的期間，布魯特始終未將視線離開他的臉上。他一直維持一開始的彆扭姿勢，絲毫沒有移動一寸。

「你們做了什麼處理？」他僵硬地問。

「警方已展開調查。他們知道他在九月三日那天，跟著祕書一起逃往山區。自從那天，沒有任何人看見他們兩個。地球好像吞噬了他們一樣。當局正在山區進行搜索，努力找到瓊斯或他的屍體。他本來就是個行徑奇特的人，所以一開始大家對於他的行爲並未特別在意。這些就是我們目前所能告訴你的。明天或許會有新的發展。情況很不樂觀，非常不樂觀。我們還這麼地相信瓊斯！我的天，眞希望我能幫上你，孩子。」

「我不怪你們，先生。」布魯特勇敢地說，「這是我的命運，如此而已。一直以來，總是有個聲音告訴我，事情不會有好的結局。不過，我也沒想到會是這種結局。我一直擔心的是，瓊斯認爲我不值得繼承那筆財產。我從來沒想過，他竟然是這種卑鄙的人。」

「布魯特，我還要告訴你一個祕密。」格蘭特緩緩說道，「瓊斯先生從一開就告訴我們，他會依靠我們對你的行爲所抱持的看法，來做出決定。那就是爲何我們會毫不遲疑地建議你繼續堅持下去。當你出海旅行時，我們收到許多他的信，雖然全部的信都有他那諷刺的語氣，但他卻沒有在一封信裡，提出對你的任何批評。他似乎對你的做法完全滿意。事實上他還說過，他要付你一百萬元，讓你幫他花掉其中的四分之一呢。」

「這個嘛，他可以免費體驗我的經歷。畢竟，一個乞丐沒有選擇的餘地。」布魯特諷刺地說。他的血色慢慢回到臉上，「他們知道那個祕書的任何事嗎？」他突然問道，語氣十分急迫。

「我知道他是新來的，替瓊斯工作還不到一年。聽說瓊斯對他有絕對的信任。」銳普利說。

「所以他也在同一時間消失了？」

「他們最後被看見時，是在一起的。」

「那一定是他結束了瓊斯的生命！」曼特激動大叫，「就我看來，這件事再清楚不過了。你們難道看不出來，他在這位老人身上施加影響，用一些藉口誘騙他將所有的錢領出，就只爲了從他身上奪取全部財產嗎？沒有什麼比這個行爲更可惡的了！」他開始像隻動物般來回踱步，不安地握緊雙手，然後又鬆開之。「我們一定要抓到那個祕書！我不相信瓊斯是個騙子。他被一個聰明的混蛋給騙了。」

「布魯特先生，最奇怪的事情是，我們根本找不到那個買下你的資產、名叫戈登的人。他應該是住在阿馬哈才對，據悉，他付了將近三百萬元買下那些現已列入他名下的資產。他還用現金付給瓊斯先生，付了這些資產所價值的每一分錢。」

「但是他一定在某個地方才對啊，」布魯特疑惑地說，「要是此人不存在，他到底要怎麼付這筆錢？」

「我只知道，根本找不到這號人物。阿馬哈那邊根本沒人認識他。」格蘭特無助地說。

「所以，我的預感終於實現了，」布魯特說，但是已不那麼激動，「嗯，」他在一張椅子上坐下，「這整件事一直以來都太離奇，不像眞的。從一開始就像夢一場，現在呢，我不過是醒來了，就像童話故事結束一樣。我眞是蠢，這麼認眞地看待這一切。」

「那也沒有辦法，」銳普利說，「你沒做錯任何事。」

「畢竟，」布魯特繼續說，聲音就像在夢中一般，「就算醒來之後又會回到平凡世界，能到夢中仙境走一遭也不錯啊。或許我很蠢，但就算到現在，我也不會放棄。」然後，他猛然想起珮琪，不再說下去。過了一會兒，他打起精神，站了起來。「兩位先生，」他高聲說道，語氣已經轉變，「我玩得很盡興，現在，終點到了。在內心深處，我眞的對這一切感到十分厭煩，我可以向你們保證，明天我將會是個全新的布魯特。我要開始認眞面對現實了。我要證明，我的體內流有我爺爺的血。我一定會成功的！」

銳普利深受感動，說道，「我從來不懷疑這一點。你是個好傢伙，很久以前我就知道了。明天如果你需要任何錢，儘管來找我們。」

格蘭特支持他的說法，「我欣賞你的精神，布魯特，」他說，「沒有多少人能像你這樣平靜承受。這一切給你這麼大的打擊，實在是一份不幸的結婚禮物。」

「早上應該會有重要的消息從比尤特傳來，」銳普利充滿希望地說，「至少會有更多細節。毫無疑問，報紙肯定會有聳動的新聞出現，我們已經要求當局直接傳給我們最新的消息了。我們會確保一切都將好好地調查。現在回家去吧，孩子，好好睡個覺。明天，你將帶著好運開始新的生活，除卻今晚的不幸，你的一生都會幸福快樂的！」

「我很確定我會幸福的，」布魯特說，「先生，結婚典禮在七點鐘開始。我會在九點鐘來到你們的辦公室，處理一些小事情，不過我想我也沒必要太過匆忙。中午前我會來訪，把錢拿走。對了，這是今晚的支出收據。你們能不能幫我將它們和其他收據放在一起？我還是會遵守合約，省得我每天早上都要把它們拿出來看一看。晚安了，兩位先生。很抱歉你們必須爲了我熬夜。」

他勇敢地離開，但是在見到朋友前，他其實有好幾度感到脆弱無比。世界看起來好不眞實，而他自己就是當中最不眞實的事物。但是，夜晚的冷空氣激勵了他，讓他重拾勇氣。一點鐘，他踏入工作室，準備好履行自己的承諾，當一個「世界上最快樂的傢伙」。

第三十四章　最後一封信

「我之後再跟你說，親愛的。」在珮琪的拜託下，他只說了這麼一句話。

午夜時，丹太太已經好好勸過她，「親愛的珮琪，你眞的該回家了。」她說，「這麼晚還沒睡，實在有失體面。我結婚前一晚，八點就上床睡覺了。」

「可是凌晨四點才睡著。」珮琪笑著說。

「親愛的，這你就搞錯了。我根本沒睡著啊！但是我眞的不能讓你再多待一分鐘了。熬夜會有黑眼圈，有時候到了隔天早上，還會變紅紅的喔。」

「噢！你眞是個甜嘴哲學家。」珮琪說道，「好有哲理呀！你覺得我需要美容覺嗎？」

「我可不希望你成了睡美人。」丹太太反駁。

經過了一個煎熬的小時，與律師們談完話後，曼特回到工作室就一直被各種問題所轟炸，但全都被他聰明地躲開了。只有珮琪仍堅持著，在回家的路上，她終於忍不住自己的好奇心，苦苦哀求他告訴她發生了什麼事。他所歷經的不幸，和這位有權受到公平對待的女性所遭受的忽視比起來，根本不算什麼。他十分清楚自己對她的責任，但他的壓力一直是如此地沉重，實在很難說出口。

「珮琪，發生了一件非常不好的事。」他結巴地說，不確定該如何解釋。「曼特，告訴我所有的事。相信我，我會勇敢的。」

「當我向你求婚時，」他嚴肅地說下去，「我以為我可以在明天給你一切。我預期會得到一筆財富。我從來不認為你該嫁給一個乞丐。」

「我不懂，你是在測試我對你的愛嗎？」

「不，女孩，當然不是。我被迫發誓不能告訴任何人有關這筆財富的事，而我又希望在得到它之前，將你娶進門。」

「但是這筆財富得不到了？」她說道，「我不覺得這會改變任何事。我本來就覺得自己會嫁給一個乞丐，就如你所說的。你覺得有沒有得到這筆財富，會造成任何差別嗎？」

「你不明白，珮琪，我一毛錢也沒有了啊。」

「我接受你的求婚時，你就已身無分文了。」她回覆道，「我不害怕。我相信你。只要你愛我，我就不會放棄你。」

「親愛的珮琪！」在他還沒說出下一個字之前，馬車已將兩人載到了家門口。曼特請車夫再繞一圈街區。

「晚安，親愛的。」到家時，他對她這麼說，「你可以睡到八點鐘。現在，婚禮就算九點舉行，而非七點，也無妨了。事實上，到時我也會獲得一筆財富。你就是我在這個世界上所擁有的一切，女孩，而我將會是世上最幸福的人！」

回到房中，壓力已漸解除，布魯特面對著殘酷的現實。他連衣服也沒脫，就倒在床上，想著這個世界究竟給了他什麼。至少它給了他珮琪，他心想，這樣就夠了。但是這樣對她公平嗎？索取她的犧牲奉獻，是對的嗎？他疲累的大腦努力想找出答案。只有一件事是明白的，那就是他絕不能放棄她。一想到要放棄她，未來似乎就變得黑暗起來。有了她在身邊，他什麼都做得到；若是單打獨鬥，就是另一回事了。他將冒險一試，並且證明自己是對的。他回想起過去這不光彩的一年，突然發覺到，自己已經失去了許多摯友的信任。他的揮霍行徑絕不會是好的商業訓練楷模。這個念頭使他鼓起勇氣做出行動。他一定要做好。珮琪是那麼相信他。當一切都背離他時，只有她待在他身邊。他願意爲她做牛做馬、挨餓受凍，他願意爲她做任何事，向她證明，她沒有錯信他。至少，他必須讓她知道他是條漢子。

朝窗口望去，他看見陰沉的夜晚已漸漸被將臨的白晝所取代。憔悴又疲憊的他，從椅子站起來，看著太陽升起。無論貧富、喜怒，太陽總爲所有人升起。遠處灰濛濛的光芒，傳來了清晨五點的鐘聲。不久過後，工廠機器的尖銳運轉聲傳進他的耳朵，雖然因距離遙遠而不甚清晰，卻仍象徵著勞累的工作又要從新的一天展開。這些噪音呼喚著他和所有貧苦的人們，前往血汗工廠和煉鐵工廠，前往生命這座大工廠。新的時代已經展開，爲他驅散心靈那塊陰暗的地方。靠在窗邊，他想著自己要上哪兒，才能爲過去的珮琪・葛瑞、現在的珮琪・布魯特，賺來第一分錢。他挺起身子，毫不畏縮地面對這個挑戰。

還沒七點鐘，他就已經下樓等待。喬伊・布拉格登不久也加入了他，嘉德能和牧師隨後也出現了。德米夫婦不請自來，但沒有人拒絕他們。丹太太得知珮琪還在睡，且婚禮將延遲至九點舉行時，只是睿智地搖了搖頭。

「曼特，你要離開這裡了嗎？」丹把他拉到一旁，問道。

「我只是要去山裡一個禮拜而已。」曼特答道，突然想起律師們的慷慨大方。

「老弟，回來後，盡快來見見我。」德米說。曼特知道，他將會給他一個新工作。

幫珮琪打扮的這份榮幸，由丹太太收下了。喝完咖啡、準備下樓時，她的雙頰因興奮而紅潤，已然忘卻前一天那漫漫長夜的焦慮感。

結婚這一天早上，是她一生當中最美的時刻。她的臉色紅豔、雙眼清澈如星、身材優雅而健美。曼特的心飄飄然的，對她充滿愛慕之情。

「天啊！紐約最美的女孩！」丹・德米倒吸一口氣，緊緊抓著布拉格登的手臂。

「快看曼特！才五分鐘，他已變成一個全新的男人了。」喬伊說道，「看看他臉上散發的光芒！我的天，他開始變回一年前的他了。」

時鐘敲了九下。

「昨天來訪的男子現在正在大廳，等著見布魯特先生。」牧師宣布結婚儀式的完成，並賦予珮琪一個新名字後，過了幾分鐘，女僕進來說道。大家一陣沉默，十分擔憂。

「你是說那個蓄有長鬍的男人？」曼特不安地問。

「是的，先生。他帶了這封信，要你馬上讀它。」

「曼特，我可以請他走嗎？」布拉格登大膽地說，「挑這時候來，到底是什麼意思？」

「我先讀信，喬伊。」

布魯特撕開信封，所有人都盯著他。他的表情非常豐富。先是驚奇，接著露出不可置信的樣子，最後是喜悅。他將信丟給布拉格登，緊緊將珮琪抱在懷中，然後放開了她，像個失去理智的人一樣衝到大廳裡。

「是諾波・哈里森！」他大叫。不一會兒，那位高大的訪客被他拉了進來。諾波對於自己受到這麼熱烈的歡迎，似乎有點嚇一跳。

「你眞是個天使，諾波！上帝保佑你！」曼特大聲說道，「喬伊！快大聲將信唸出來，然後大肆宣傳，我的波士頓梗就要回來了！」

布拉格登雙手顫抖著，不確定地唸出潦草的筆跡。諾波・哈里森站在他身後，開心地催促著他，唸出這封出乎常人所能理解的信件：

荷蘭飯店，九月二十三日。

致曼特・布魯特先生。

親愛的孩子：

所以你真的以為我趁你不注意時開溜啦？以為我不會出現做我該做的事？好吧，不怪你。我猜我大概做了個該死的白痴行為，不過目前看來一切都挺好的，沒造成什麼傷害。我想，你應該沒有引狼入室。這封信是為了向你介紹我的祕書，哈里森先生。他在六月來比尤特時遇到了我，堅持要進山裡執行發財計畫。他需要有人支持，而我覺得他展現了很棒的性格，所以就和他合夥了。他在那兒挖到金礦，肯定有好幾百萬的價值。他好像會給你一半的收益吧，因為他說你有資助他。這個哈里森真是個好小子。剛好需要一位祕書處理大小事務，所以就把他帶來我的辦公室了。你可以知道，他並不像今早的報紙說的那樣，把我帶進山裡殺了。該死的混球！就算我沒告訴比尤特的任何人我要跑去東部，也和他們一點也不相干！

我來了，錢當然也帶來了。昨晚抵達的。哈里森從芝加哥來，比我早了一天。今天早上八點我去了趟律師事務所。他們焦急得要命。還以為我偷偷逃走或被人謀殺。錢全不見了。他們就這麼以為。這也不能怪他們。事情是這樣的：我決定貫徹遺囑的條款，親自將遺產交給你。我把詹姆士・瑟居維克所有的東西都帶著，並做了一些蠢事，然後徒步前往紐約。孩子，等你去格蘭特與銳普利律師事務所簽下那些保付支票後，就會發現帳戶裡多了價值七百萬元的東西。全部都在這裡和銀行裡了。

我猜，這應該是一份很豐盛的結婚大禮吧？

律師們把你的一切都告訴我了。告訴我昨晚發生的事，還有你今天早上要結婚了。我猜，你和新娘子現在應該蠻開心的。我仔細看了你的報告還有一些收據。它們一點問題也沒有。我很滿意。錢是你的了。然後我想說，你應該不會介意在九點鐘時過來一趟，特別是在你剛從結婚的喜悅之中回復過來時。我已經和律師處理好了，他們也會和你處理好所有的事。如果今天下午兩點左右，你沒什麼特別的事，我希望你來一趟飯店，我們要處理一些法律上必須完成的手續。然後你可以教教我怎麼花錢。我也有一些錢，希望在某天早上它們也會突然消失不見。對於你的經商能力，我有下面的話要說：一個能在一年之內將一百萬元花個精光的人，不需要任何人的推薦。他是獨一無二的，沒有人可以挑剔他什麼。孩子，最能測出你真實能力的，就是你列出這些支出明細的方式。這才是真正睿智的能力展現。就算所有的人都不同意，光憑這點我也會認同你的。

真的很抱歉，讓你為了這一切如此擔憂。這一年中，你經歷了許多，也受到所有人的嚴厲批評。現在換你笑了。他們讀到今天的號外時，肯定會大吃一驚。我已完成對你的職責了。報社已經訪問過我，今天他們就會將曼特・布魯特和他的百萬財產所有的真相刊出。他們有瑟居維克的遺囑，也有我的故事，這座老城市將會因此而興奮不已。我想，你可以在全世界的人面前抬頭挺胸了。但是你若想要有個安靜的蜜月，最好這陣子都別出門。

我不喜歡紐約，從來都不喜歡。今晚就要回比尤特了。在那兒，我們有真正的摩天大樓，可不是用磚頭蓋的。它們高達兩、三哩，裡頭都是黃金。低地也有真正的草原，比起那些宏偉的山谷，中央公園根本一個子也不是。說不定你和布魯特太太可以到這兒來度蜜月，所以何不和我一起坐車回西部？我們會在七點四十五分出發，但我不會煩著你們。你們可以開著車去任何想去的地方。

史威瑞根・瓊斯　謹啟

附註：我忘了說，根本沒有戈登這號人物。我用自己的錢買了你的金礦和牧場。你可以用同樣的金額買回去。我也建議你這麼做，因為一年後它們的價值將會翻漲兩倍。希望你能原諒這位從一開始就很欣賞你的老頭子，因為一時興起所做的奇怪行為。

瓊斯

國家圖書館出版品預行編目資料

財神有難／喬治．巴爾．麥卡琴著；羅亞琪譯．—— 初版．
——臺中市：好讀，2014.12
面：　公分，——（典藏經典；67）

ISBN 978-986-178-337-6（平裝）

874.57　　103020301

好讀出版

典藏經典 67

財神有難

作　　者／喬治．巴爾．麥卡琴
翻　　譯／羅亞琪
總 編 輯／鄧茵茵
文字編輯／莊銘桓
內頁排版／王廷芬
發 行 所／好讀出版有限公司
臺中市 407 西屯區何厝里 19 鄰大有街 13 號
TEL:04-23157795　FAX:04-23144188
http://howdo.morningstar.com.tw
（如對本書編輯或內容有意見，請來電或上網告訴我們）
法律顧問／甘龍強律師

戶名：知己圖書股份有限公司
劃撥專線：15060393
服務專線：04-23595819 轉 230
傳眞專線：04-23597123
E-mail：service@morningstar.com.tw
如需詳細出版書目、訂書、歡迎洽詢
晨星網路書店 http://www.morningstar.com.tw

印刷／上好印刷股份有限公司 TEL:04-23150280
初版／西元 2014 年 12 月 15 日
定價／ 270 元
如有破損或裝訂錯誤，請寄回臺中市 407 工業區 30 路 1 號更換（好讀倉儲部收）

Published by How Do Publishing Co., LTD.
2014 Printed in Taiwan
ISBN 978-986-178-337-6

讀者回函

只要寄回本回函，就能不定時收到晨星出版集團最新電子報及相關優惠活動訊息，並有機會參加抽獎，獲得贈書。因此有電子信箱的讀者，千萬別吝於寫上你的信箱地址

書名：財神有難

姓名：＿＿＿＿＿＿＿ **性別：**□男 □女　**生日：**＿＿年＿＿月＿＿日

教育程度：＿＿＿＿＿＿＿＿＿＿＿＿＿＿

職業：□學生 □教師 □一般職員 □企業主管

□家庭主婦 □自由業 □醫護 □軍警 □其他＿＿＿＿＿＿＿＿＿＿

電子郵件信箱（e-mail）：＿＿＿＿＿＿＿＿＿＿＿＿ **電話：**＿＿＿＿＿＿＿＿

聯絡地址：□□□ ＿＿＿＿＿＿＿＿＿＿＿＿＿＿＿＿＿＿＿＿＿＿＿＿

你怎麼發現這本書的？

□書店 □網路書店（哪一個？）＿＿＿＿＿＿＿＿＿ □朋友推薦 □學校選書

□報章雜誌報導 □其他＿＿＿＿＿＿＿＿＿＿＿＿＿＿＿＿＿＿＿＿＿＿

買這本書的原因是：＿＿＿＿＿＿＿＿＿＿＿＿＿＿＿＿＿＿＿＿＿＿

□內容題材深得我心 □價格便宜 □封面與內頁設計很優 □其他＿＿＿＿＿＿

你對這本書還有其他意見嗎？請通通告訴我們：

＿＿＿＿＿＿＿＿＿＿＿＿＿＿＿＿＿＿＿＿＿＿＿＿＿＿＿＿＿＿＿＿＿＿

你買過幾本好讀的書？（不包括現在這一本）

□沒買過 □ 1 ～ 5 本 □ 6 ～ 10 本 □ 11 ～ 20 本 □太多了

你希望能如何得到更多好讀的出版訊息？

□常寄電子報 □網站常常更新 □常在報章雜誌上看到好讀新書消息

□我有更棒的想法＿＿＿＿＿＿＿＿＿＿＿＿＿＿＿＿＿＿＿＿＿＿＿＿＿

最後請推薦五個閱讀同好的姓名與 E-mail，讓他們也能收到好讀的近期書訊：

1.＿＿＿＿＿＿＿＿＿＿＿＿＿＿＿＿＿＿＿＿＿＿＿＿＿＿＿＿＿＿＿＿

2.＿＿＿＿＿＿＿＿＿＿＿＿＿＿＿＿＿＿＿＿＿＿＿＿＿＿＿＿＿＿＿＿

3.＿＿＿＿＿＿＿＿＿＿＿＿＿＿＿＿＿＿＿＿＿＿＿＿＿＿＿＿＿＿＿＿

4.＿＿＿＿＿＿＿＿＿＿＿＿＿＿＿＿＿＿＿＿＿＿＿＿＿＿＿＿＿＿＿＿

5.＿＿＿＿＿＿＿＿＿＿＿＿＿＿＿＿＿＿＿＿＿＿＿＿＿＿＿＿＿＿＿＿

我們確實接收到你對好讀的心意了，再次感謝你抽空填寫這份回函

請有空時上網或來信與我們交換意見，好讀出版有限公司編輯部同仁感謝你！

好讀的部落格：http://howdo.morningstar.com.tw/

請填妥後對折黏貼，直接投郵即可，無須貼郵票。

廣告回函
臺灣中區郵政管理局
登記證第 3877 號
免貼郵票

好讀出版有限公司　編輯部收

407 臺中市西屯區何厝里大有街 13 號

電話：04-23157795-6　傳眞：04-23144188

沿虛線對折